HANSERS BIBLIOTHEK DER ERZÄHLER

Lars Gustafsson

Die Kunst, den November zu überstehen und andere Geschichten

Carl Hanser Verlag

Aus dem Schwedischen von
Hans Magnus Enzensberger, Hanns Grössel,
Jürg Mahner und Verena Reichel

ISBN 3-446-15118-4

Satz: Fotosatz Weihrauch Würzburg
Druck und Bindung: Franz Spiegel Buch GmbH Ulm
Printed in Germany

Die Kunst,
den November
zu überstehen

Erzählungen hin und zurück

Ein Vorwort von
Herrn Gustafsson persönlich

Die Erzählung – zumal die mündliche – gehört zu den unterhaltsamsten Kunstarten, die ich kenne. Wenn ich hier in Texas die mexikanischen Bauarbeiter in der Mittagspause sehe, wie sie mit ihrem Proviant auf einer Bank sitzen und sich unter den dünnen Rauchkringeln der Zigaretten Geschichten erzählen, kann mich eine wilde Eifersucht überkommen, weil ich nicht zuhören darf, nicht zum Kreis der Erzähler gehöre.

Schließlich weiß ich, wie hervorragend dieses volkstümliche Erzählen sein kann. Kaum eine von meinen kürzeren Erzählungen hält dem Vergleich mit dem stand, was meine Verwandten an Augustabenden auf der Veranda des Sommerhäuschens in Ramnäs zu bieten hatten.

Wer könnte mit meiner Mutter konkurrieren, wenn sie davon erzählte, wie der Propst von Haraker das erste Auto der Gegend kaufte und was passierte, als er es vom Freihafen in Stockholm herauffahren wollte? Oder ihre Erzählung vom Propst Tim und der Bischofsvisitation? Weitere Familienklassiker waren Tante Sveas Erzählungen von ihrer Zeit als Kaltmamsell im Grand Hôtel in Stockholm, so bizarr, so treffend, so geschickt gegliedert, daß ich sicher bin, sie würden noch heute große Aufmerksamkeit erregen, wenn man sie in einem Erzählungsband veröffentlichte.

In meinem Kindheitsmilieu war es selbstverständlich, daß das Erzählen Sache der Frauen war. Vielleicht deshalb, weil die erzählerischen Talente aus der mütterlichen Linie stammten. Die einigermaßen biederen Angelgeschichten der Männer, ein Repertoire, das um einige Abenteuer meines Vaters aus seiner Zeit als Verkäufer im westlichen Värmland der zwanziger Jahre erweitert wurde, konnten sich ganz einfach nicht messen mit der Art, wie die Frauen erzählten. Deren Erzählungen waren so viel kunstvoller, ausgeklügelter, labyrinthischer. Sie verstanden es, eine Pointe durch das Einfügen immer neuer Details bis ins Unendliche hinauszuzögern. Sie wußten ganz genau, daß man verschiedene Erzählungen ineinander verschachteln kann, und daß es denselben Effekt hat wie die Polyphonie in der Musik.

Ein noch etwas raffinierterer Kunstgriff, den meine Mutter noch heute, im Alter von achtzig Jahren, meisterhaft beherrscht, ist es, *scheinbar* eine Geschichte zu erzählen, während man *eigentlich* eine andere erzählt.

Die hier zusammengestellten Erzählungen gehören zu zwei verschiedenen Kategorien: teils stammen sie aus einem der beiden Erzählungsbände, die ich verfaßt habe: »Förberedelser till flykt«, 1967, (»Flugvorbereitungen«), und »Berättelser om lyckliga människor«, 1981, (»Erzählungen von glücklichen Menschen«, 1981). Diese Erzählungen sind Bausteine eines Ganzen, ungefähr wie die Sätze einer Orchestersuite. In Atmosphäre und Erzähltechnik der beiden Bände gibt es große Unterschiede. Ersterer, der literarisch zu meinen zwei oder drei besten Büchern gehört, ist im Grunde genommen exklusiv, er behandelt »Lebensanschauungen« in dem strengen Sinn, in welchem Sören Kierkegaard diesen Begriff ursprünglich auffaßte, als er ihn prägte. Das heißt: subjektive Perspektiven, die für jedes einzelne Subjekt eine Welt konstituieren. »Erzählungen von glücklichen Menschen« ist ein viel breiteres Buch, der Pinselstrich ist viel pastoser als in dem früheren Erzählungsband. Es steht der gewöhnlichen Welt sehr viel näher.

Mein Idol oder mein Vorbild für das erstere Buch sind die fabelhaften Geschichten, die der junge H.G. Wells in den 1890er Jahren als ausgehungerter Student der Naturgeschichte in South Kensington schrieb: »Das Kristallei«, »Plattners Geschichte«, »Der Mann, der Wunder tun konnte« und natürlich »Die Zeitmaschine«. Keine Literatur, die Philosophie nachahmt, sondern Literatur, die zugleich Philosophie *ist.* H.G. Wells war ein zutiefst origineller Mann, der mit der Zeit recht gut *nachzuahmen* lernte, womit sich gewöhnliche Schriftsteller beschäftigen.

In »Erzählungen von glücklichen Menschen« gleicht das Flexionsmuster eher Strindbergs »Heiraten«-Geschichten. Diese Erzählungen wollen etwas über die Zeit aussagen, in der sie entstanden sind, es ist also ein Buch über moderne Menschen. Die Grundfrage in diesem Buch ist ungefähr dieselbe wie in Jean-Paul Sartres Existentialismus: wie lebt man ein authentisches Leben? Dabei zeigt sich, daß die erfolgreichen und äußerlich gutsituierten Menschen in ihren existentiellen Grundlagen derartig ausgehöhlt sind, daß sie es nicht verstehen, das Glück zu fangen, wenn es zu ihnen kommt, während hingegen einige äußerlich völlig unbedeutende Menschen, eine senile Greisin im Altersheim, ein von Geburt an geistesschwacher Junge in einer Anstalt, ein etwas lächerlicher Reisebüroangestellter und Erotomane, in der äußersten Analyse eine viel größere Authentizität besitzen als der erfolgreiche Staatssekretär auf einer Konferenz in Athen. Dieser Band ist stark geprägt von der Einsicht, daß wir nur ein einziges Leben haben und es also nutzen sollten, selbst wenn wir es nicht direkt genießen können. Also – können wir kein authentisches Leben leben, sollten wir wenigstens versuchen, authentische Augenblicke zu leben.

Eine andere Kategorie von Erzählungen in diesem Auswahlband sind jene, die geschrieben wurden, um sich in andere Erzählungen, d.h. Romane einzufügen. Als Nebenstimmen, als Gegenstimmen. Wie Brennspiegel, in denen die Atmosphäre der größeren Erzählung in einem Punkt gesammelt werden kann. Diese Erzählungen arbeiten unter teilweise anderen Voraussetzungen. Ihre offensichtliche Nähe zur antiken Mythologie ist natürlich nicht zufällig. Onkel Knutte ist ein Sisyphos, und Onkel Stig ein Ikarus. Tante Clara hingegen stammt nicht aus der Antike. Sie ist, die sie ist und die Erzählung über sie ist ein Versuch, die endgültige Illustriertennovelle über die unwiderstehliche Liebe zu dichten.

Ich habe diese drei Geschichten oft gelesen, in Schweden, in Deutschland und sogar in den USA. Lustigerweise ist Onkel Knutte stets in Deutschland am populärsten, und Tante Clara in den USA, während das schwedische Publikum Onkel Stig bevorzugt. Alle Zuhörer glauben, die Geschichte von Onkel Knutte sei erdichtet und die von Tante Clara eine authentische Episode aus der dunklen Familienchronik des Verfassers.

In Wirklichkeit ist es natürlich umgekehrt. Onkel Knutte hat es gegeben – er wohnte viele Jahre lang in der Brännkyrkagatan in der Stockholmer Südstadt, Onkel Stig ist sogar hartnäckig genug, immer noch dazusein – er wohnt in einem Einfamilienhaus in Alvsjö, das er noch in seinen Siebzigern unentwegt repariert und mit den köstlichsten Erfindungen verbessert. Etwas so Wunderbares wie Tante Clara hat es in meiner Biographie nie gegeben. Aber jetzt gibt es sie. Das sind eben die Finessen der Dichtung.

Thorn

Die Universitätsbibliothek ist bekanntlich außerordentlich groß, viel größer als man vermuten sollte, wenn man ihr Gebäude nur von außen kennt. Die Sammlungen sind längst ins Ungeheure angewachsen, weit über das Maß hinaus, das man bei ihrer Gründung vor einigen Jahrhunderten im Sinn hatte, und daß sie hinter den hohen Mauern überhaupt noch Platz finden, ist nur einem verwickelten System von Kompromissen und Provisorien zu verdanken. Jeder nur denkbare Winkel wird seit langem ausgenutzt.

Erst kürzlich habe ich entdeckt, daß die Mauern der Bibliothek auch eine Sammlung von Stichen und Landkarten umschließen, die zu den vortrefflichsten auf der ganzen Welt gehört und die besonders für ihre historischen Stadtansichten und Prospekte berühmt ist.

Eines grauen, schweren Tages anfangs November, an dem es regnete, als wollte es nie wieder aufhören, habe ich diese Sammlung besucht. Die Garderobenfrau nahm schweigend meinen triefnassen Regenschirm entgegen und stellte ihn, ohne ein Wort, zu einem Dutzend anderer, ebenso triefnasser Schirme zum Trocknen auf.

Der Gehilfe, dem ich meinen Wunsch vortrug, zeigte nicht die geringste Verwunderung. Er bat mich liebenswürdig, einen Augenblick zu warten, und übergab mich dann einem jungen Aufseher, der mich, indem er vor mir hersprang, Treppen auf und Treppen ab, durch Korridore und schwere Eisentüren führte, die er endlich vor mir aufschloß, so daß ich in die Zimmerflucht auf der Südseite im dritten Stock eintreten konnte, wo sich das Karten- und Kupferstich-Kabinett befindet. Zwei weitere Gehilfen empfangen mich, ebenso liebenswürdig wie der erste, und meinem Wunsch, man möge mir die älteren Pläne und Ansichten von der Stadt Thorn in Polen zeigen, erfüllen sie nicht ohne einen gewissen Stolz. Ich nehme Platz. Man trägt die Folianten herbei.

Das erste Bild stammt aus dem Jahr 1497: ein kolorierter Stich. Im Vordergrund tauchen einige promenierende Damen und Herren auf. Das Bild gehört zur De la Gardeschen Sammlung; der großformatige Einband riecht, so alt er ist, immer noch stark nach Schweinsleder. Während ich mich in die Tafel vertiefe, werden weitere Bände vorgelegt, aus andern Sammlungen und andern Zeiträumen. Sie enthalten allesamt Stiche, Tafeln, Stadtpläne, Karten, und in jedem einzelnen ist auch eine Ansicht von der Stadt Thorn zu finden. Ein eingelegter Papierstreifen markiert die Stelle.

Auf der Landstraße ist ein Fuhrwerk unterwegs zur Stadt, ein Sechsspänner. Die Kutscher lassen verwegen ihre Peitschen knallen. Die Stadt selbst tritt in außerordentlicher Klarheit hervor, Straße für Straße, Dach für Dach. Der Zufall will es, daß die Bibliothek eine zweite handkolorierte Tafel besitzt, die der ersten sehr ähnlich ist. Sie ist einem anderen Folianten beigebunden und nur sechs Jahre jünger. 1503. Ich lege die beiden Ansichten nebeneinander und vergleiche. Das Schloß auf der Höhe ist nun mit einem Anbau, einem Seitenflügel versehen. Gewisse Häuser sind verschwunden, andere sind an ihre Stelle getreten. Im übrigen sind die beiden Bilder identisch.

Ein weißes Haus unterhalb des Burgberges, im östlichen Teil der Stadt, hat es mir besonders angetan. Es hat ein eigentümlich hohes und spitzes Dach, mit grünem Kupferblech beschlagen, grüne Fensterläden und eine Tür im Giebel, auf dem obersten der drei Stockwerke, darüber einen Balken, der sich unter dem Vergrößerungsglas als ein Hebekran entpuppt. Hinter der Tür liegt offenbar ein Magazin im Dachgeschoß des Hauses. Mit Hilfe des Krans über der Tür können schwere Kollis von der Straße aus direkt ins Lager emporgehievt werden. Ein Handelshaus also. Der Besitzer muß einer der reichsten Bürger der Stadt gewesen sein. Das beweist das kostspielige Kupferdach. Die Fenster sind schmal und hoch. Die winzigen Scheiben bilden ein Gitterwerk. Oder sind das Eisengitter? Eine Haustür ist auf keiner der beiden Tafeln zu sehen. Sie muß auf der entgegengesetzten Seite des Hauses liegen.

Von dem einen Giebel erhebt sich eine kleine Stange, die eine Wetterfahne aus dem Metall des ganzen Daches, aus Kupfer trägt. Auf dem Bild von 1497 bläst der Wind aus Südwesten, 1503 weht er von Norden. Obwohl ich angestrengt durch die Lupe blicke, bis mir die Augen brennen, kann ich nicht ausmachen, was der kleine, lebendige Metallflügel eigentlich vorstellt. Trägt er ein Wappen, oder gleicht er einem Tier? Dann könnte es ein Vogel sein, ein Raubvogel mit langem, gekrümmtem Schnabel. Doch ebensowohl kann es ein Haar im Pinsel des Künstlers sein, das sich um Haaresbreite gesträubt und von den andern entfernt hat. Das ganze Haus nimmt auf dem Bild kaum ein Drittel der Fläche des Nagels an meinem kleinen Finger ein.

Ich wende mich den beiden Nachbarhäusern zu und besichtige sie. Sie sind niedriger gebaut und dunkelbraun koloriert; ihre Farbe deutet vielleicht an, daß sie aus Ziegeln gemauert sind.

Das Schlachtengemälde von 1540 ist eine holländische Arbeit. Herzog Johann belagert die Stadt, Bombarden speien gewaltige Flammen, Rauchwolken schweben über Thorn, über die grauen, herbstlichen Äcker des Stiches ziehen Marschkolonnen, Rechtecke mit Wäldern von Speeren, im hinteren Glied die Musketen geben, jede für sich, ein gestochen scharfes Rauchwölkchen von sich. Ganz in der Ferne das Lager des Herzogs, ein Gewimmel von Zelten, Wagen, altertümlichen Kanonen mit Löwenschlünden, Pferde mit wehenden Mähnen bringen sie in Stellung. Auf den Hügeln, wo 1497 galante Damen und Herren Arm in Arm flanierten, verfolgt der Stab des Herzogs zu Pferde den Sturm auf die Stadt, Kuriere reiten hin und her. Der Wind steht jetzt wieder im Westen, man sieht es an den treibenden Rauchwolken, die gravitätisch über den Stadthimmel ziehen, unendlich feine Linien in der Platte deuten sie an. Über dem Titel des Stiches stoßen Der Ruhm und Die Ehre ins Horn. Ganz fern am Horizont sind ein paar abgelegene Windmühlen zu erkennen.

Und die Carrées ziehen in geschlossener Marschordnung auf, aber sie stehen immer noch in respektvollem Abstand von der Stadtmauer, die ganz menschenleer ist; daran ist vermutlich ein Versehen des Künstlers schuld.

Das Bild ist ganz von dem Treffen, vom Aufmarsch und der Entfaltung der Truppen beherrscht. Dadurch tritt die Stadt in einer stark abgeflachten Perspektive hervor. Dennoch kann man sehen, wie Minen, Kanonenkugeln und Wurfbomben an verschiedenen Stellen einschlagen. Wahrscheinlich richten sie in der Stadt großen Schaden an. Bei aller Anstrengung finde ich, auch mit Hilfe der Lupe, auf diesem Stich das Haus nicht wieder: es verschwindet in einem Häusergewirr unterhalb der Burg, von deren höchster Mauerkrone eine Flagge im Wind weht.

Der Ausgang dieser Schlacht ist mir nicht bekannt. Das Treffen ist eine Episode aus irgendeinem kleineren Thronfolgekrieg.

In einer italienischen Städtebeschreibung vom Ende des selben Jahrhunderts, gebunden in ein eigentümlich längliches Format von schwarzem Leder und mit einem Messingschloß versehen, suche ich nach Hinweisen auf den Ausgang des Kampfes. Das Werk ist 1580 in Venedig gedruckt und behandelt Orte in Norditalien, Deutschland und Polen. Die Ansichten sind nicht koloriert, sie wirken überhaupt phantasieloser als alle früheren Bilder. An die Stelle der künstlerischen Bildkraft ist eine ganz unwahrscheinliche Präzision in den Details getreten. Auch hier spazieren auf den Hügeln im Vordergrund wieder die galanten Damen und Herren auf und ab. Auf der Landstraße weiter unten treibt ein Junge eine Schafherde der Stadt zu, und in einiger Entfernung taucht auch diesmal der Sechsspänner auf. Abermals herrscht Nordwind, majestätische Wolken wandern feierlich über den hinteren Horizont. Die wichtigsten Gebäude – die Burg, das Dominikanerkloster und das Spital – sind mit feinziselierten lateinischen Buchstaben bezeichnet.

Die Veränderungen sind bedeutender als in den Zeiträumen zuvor. Das Schloß hat den Flügel, der 1497 noch fehlte, 1503 aber vorhanden war, wieder eingebüßt. In den zentralen Teilen der Stadt fehlen viele der Häuser aus dem Jahr 1503, neue sind an ihre Stelle getreten, und eine neue Bauweise, hofartige Anwesen, die ein ganzes Viertel umfassen, scheint sich durchgesetzt zu haben. Daß die Stadtmauer erweitert worden sein muß, ist ganz offensichtlich; sie schließt nun mehrere neue Viertel mit Treppengiebeln ein, die von deutschem Einfluß zeugen. Überhaupt wirkt die Stadt auf diesem Bild gleichsam härter. Es ist schwer zu sagen, woher dieser Eindruck rührt. Vielleicht ruft ihn nur die unglaubliche Pedanterie des Stiches hervor; doch scheint auch der Stadtplan selbst auf subtile Weise verändert; er ist militanter, geschlossener, düsterer geworden. An einer Stelle ist eine neue Kirche zu erkennen, die während der Zeit entstanden sein muß, über die die Karten schweigen. Die lateinische Legende gibt ihren Namen an: Sancta Lucretia, ein dunkles, eigenartig klobiges Bauwerk, fast wie eine Basilika. Kein gutes Omen.

Mehrere Straßen scheinen enger geworden zu sein. Das mag an der sonderbaren, aber mit eigensinniger Genauigkeit durchgeführten Zentralperspektive liegen, in der der Stich angelegt ist. Vielleicht sind auch die Häuser aus- oder umgebaut worden.

Ich ziehe die starke elektrische Leuchte tiefer über meinen Arbeitstisch, putze die Lupe und suche die Straßen ab in der

Hoffnung, das weiße Haus von 1503 wiederzufinden. Mit Hilfe von zwei Papierstreifen, die ich wie Lineale anlege, mache ich seine Koordinaten aus. Hier müßte es stehen.

Der Foliant ist weniger gut erhalten als die vorangegangenen. Hie und da zeigen sich feuchte Stellen, unbestimmte braune Flecken, unter denen gewisse Teile der Stadt verschwinden oder undeutlich werden. Zuerst vermute ich, daß ich das Haus nicht finden kann, weil es unter einem solchen Fleck verborgen liegt. Aber meine Messungen zeigen, daß dies nicht wahrscheinlich ist. Selbst in der sonderbaren Perspektive des Stiches kann sich unmöglich der ganze Stadtteil so weit nach Westen verschoben haben, daß er unter dem Fleck verschwände. Entweder war es also die Belagerung von 1540, die das Haus ausgetilgt hat, oder ein Wasserfleck, der viel später entstanden sein muß. Und es ist ganz und gar offensichtlich, daß sich diese beiden Möglichkeiten auf keine Weise voneinander scheiden lassen.

Nach einer sehr sorgfältigen Untersuchung stoße ich auf eine dritte, gänzlich andere Erklärung. Der Blick auf das Haus ist ganz einfach zugebaut worden. Im davorliegenden Häuserblock ist ein hohes, vierstöckiges Gebäude entstanden, mit seltsam verzierten Schornsteinen, bedeutend größeren und helleren Fenstern und einem majestätischen Portal, das zwei sitzende Löwen aus Bronze flankieren. Dieses Gebäude verdeckt vollkommen das weiße Haus mit dem grünen Kupferdach und dem Warenmagazin auf dem Dachboden. Freilich kann das weiße Haus unterdessen auch verschwunden sein. Vielleicht ist es in der Tat bei der Belagerung von 1540 zerstört worden. Es kann auch zu einem beliebigen anderen Zeitpunkt zwischen 1503 und 1580 zerstört worden sein. Es ist möglich, daß noch andere Belagerungen, Feuersbrünste, Abbrüche oder Katastrophen der verschiedensten Art vorgefallen sind. Natürlich ist es ebensowohl möglich, daß das Haus dort hinten nach wie vor steht, verdeckt und unsichtbar.

Wenn die Perspektive des Bildes absolut zuverlässig wäre,

müßte allerdings über den Dächern die merkwürdige Wetterfahne zu sehen sein, der metallische Flügel, der vielleicht ein Wappen trägt oder der ganz einfach die Silhouette eines großen Vogels mit langem, gekrümmtem Schnabel darstellt.

Ich kann ihn nicht finden; also ist das Haus längst verschwunden. Andererseits – wie lange dauert eine Wetterfahne? Wie viele Regengüsse sind, zwischen 1503 und 1580, über der Stadt Thorn niedergegangen? Übrigens kann das Ganze an der Perspektive liegen.

Das prächtige private Palais, das die Sicht verdeckt, ist mit keinem Namen gezeichnet. Die Legende enthält keinen Hinweis darauf.

Philippe Napiers *Description concernant un voyage ...*, Antwerpen 1632. Viel Zeit ist vergangen, mehr als fünfzig Jahre. Ich werde also niemals wissen, ob das Haus dort gestanden hat oder nicht, zwischen 1503 und 1580. Die ganze lange Zeit, da es verdeckt, verborgen lag, war vergebens, und niemand wird es jemals retten können, wenn es wirklich dagewesen ist. Es retten? Ja, retten.

Ein grober, ja geradezu vulgärer Holzschnitt ohne Schärfe und ohne Details, bei dem mir schon auf den ersten Blick hin die Hoffnung vergeht. Ich brauche mich nicht erst lange in das Bild zu vertiefen. Hier ist alle Mühe verloren. Niemals wird man darauf ein einzelnes Haus unterscheiden können.

Das grobschlächtige Bild kehrt einen ganz andern und neuen Zug an der Stadt hervor; auf dem vorangegangenen wirkte sie zwar militärisch, stramm, drohend, aber auch auf unbestimmte Weise reich; nun scheint sie verwandelt: plump, geschmacklos und provinziell, ein Loch, bevölkert von barfüßigen Kindern und Gänsen, die unter baufälligen Stadtmauern weiden. Man hat den Eindruck eines Ortes, an dem es ununterbrochen regnet und der ohne jede Bedeutung ist, weitab gelegen auf einer endlosen platten Ebene. In der verfilzten Häusermasse ist nicht einmal mehr das Palais zu entdecken, hinter dem sich das weiße Haus verbirgt. Wenn das weiße Haus noch steht, was natürlich immer weniger wahrscheinlich wird mit jedem neuen Bild. Grund genug, die Hoffnung fahren zu lassen. Es ist ertrunken in den Bewegungen der Zeit, und niemand wird eine Chance haben, es zu retten. Zu retten? Ja, zu retten.

Nebenbei stelle ich fest, daß von der Burg auf dem Felsen nur der mittlere Turm übriggeblieben ist, während ein schwarzes Etwas auf der linken Seite des Berges – es sei denn, der Holzschneider wäre mit seinem Messer ausgerutscht – darauf hinweist, daß eine neue Stadtbefestigung angelegt wird. Je näher ich mir das Bild betrachte, desto deutlicher spüre ich, daß mir diese kleine, trostlos verregnete Stadt immer fremder wird. Sie entfernt sich von mir und sich selber, wird andersartig. Ein paar Jahre später wird Karl XII. von Schweden sie belagern.

Jetzt ist keine Hoffnung mehr.

Hermann Zimmel ist als Topograph und Städtezeichner nie übertroffen worden. Seine Messungen zeugen von einer Präzision, die bis in unsere Tage hin nicht wieder erreicht worden ist. Dieser große Reisende aus dem achtzehnten Jahrhundert, der während seines kurzen Lebens drei Kontinente besucht hat, hinterließ Karten und Prospekte, die in vielen Fällen einzigartig sind, weil sie von Städten in Kleinasien und Indien zeugen, die längst aufgehört haben zu existieren. Eine ungewöhnliche Klarheit, Intelligenz und Sorgfalt prägt alle seine Arbeiten; sie lassen eine durchaus spezifische, helle Vernunft ahnen. In der untern rechten Ecke seiner Stiche findet man stets die geographische Länge und Breite sowie den Punkt verzeichnet, von dem aus der jeweilige Ort aufgenommen ist. Zimmel ist auf der Heimreise aus dem Nahen Osten anno 1743 durch Thorn gekommen. In seiner großen *Beschreybung und Vollständigem Bericht einer Reise in Asia Minor, India und ...*, die fünfzehn Jahre später erschien, finde ich mit Leichtigkeit den großen Stich von der Stadt Thorn.

Fast alles hat sich verändert. Die Burg auf dem Felsen ist verschwunden. An ihrer Stelle eine nach links vorgeschobene schwere und merkwürdige Bastion. Die Stadtmauern –

malerische Ruinen. Längst ist die Siedlung über sie hinausgewachsen. Die Stadt hat einen streng geometrischen Charakter angenommen, sie liegt in ein stärkeres Licht getaucht denn je zuvor auf früheren Bildern, holländisch. Sie sieht holländisch aus.

Und zum letzten Male nehme ich mir, die Lupe in der Hand, das Häusergewirr unterhalb des Burgberges vor. Das private Palais ist jetzt verschwunden, die Sicht ist wieder frei. Aber es ist kein Haus dahinter zu sehen; der Steilhang scheint unmittelbar an seiner Stelle anzusetzen. Einzelne Bäume sind deutlich angegeben, kleiner als Nadelspitzen treten sie aus der Gravur hervor. Auch von den beiden Nachbarhäusern findet sich keine Spur.

Es kommt mir der Gedanke, Zimmels Prospekt könnte auf eine ganz andere Blickachse hin orientiert sein. Ich untersuche die Lage der Kirchen. Der Wind kommt nun wiederum aus dem Westen, ganz als hätte es über diese Jahrhunderte hin nur zwei Winde in Thorn gegeben.

Doch die Orientierung der Stadtansicht weicht nicht von früheren ab, und wenn das Haus noch stünde, so müßte es deutlich zu sehen sein. Hier verschwindet also für alle Zeit die Spur. Sie verläuft sich in einer Vergangenheit oder einer Zukunft, wie man es nun nennen will, die sich nie wird zurückerobern lassen.

Zerstreut betrachte ich nun den großen Kupferstich im ganzen und verliere mich in einer Art von Genuß in seinen Details. Selbst die abgelegenen Bauernhöfe weit draußen auf der Ebene treten deutlich hervor.

Zwei oder drei Kilometer weit von der Stadt entfernt, das ist eine Handspanne weit auf dem Kupferstich, liegt ein zweiter Hügel, ebenso hoch wie der Burgberg und von ganz ähnlicher Gestalt. An seinem Fuß bemerke ich flüchtig ein dreistöckiges Haus mit einer Tür im Dachgiebel und einem Kran, der Lasten von der Straße heben kann. Das Haus, an dem das spitze Dach auffällt, ist trotz seiner Winzigkeit mit der liebevollen Aufmerksamkeit wiedergegeben, die man so oft in

Zimmels Arbeiten wiederfindet. Vom First des Daches weht, auf einer Stange, triumphierend eine Wetterfahne, die ganz zweifellos die Form eines Vogels zeigt. Der Künstler hat offenbar die Größe des Objektes übertrieben, um es genauer darzustellen. Hartnäckig zeigt die Fahne den Westwind an. Eine glasklare, wohlgeordnete Frühlingsstimmung liegt über dem ganzen Stich.

Das Gebäude gleicht bis ins einzelne dem aus dem Jahr 1503. Dennoch ist die Annahme, es könne sich um ein und dasselbe Haus handeln, absurd. Sie setzt eine weitere Annahme voraus, nämlich, daß die ganze Stadt drei oder vier Kilometer gen Westen gerückt wäre und auf ihrem ursprünglichen Ort nichts weiter zurückgelassen hätte als eben dieses Haus. Das ist eine unsinnige Hypothese.

Hier ließ sich einwenden, daß möglicherweise die Stadtansicht von 1503 einen Fehler enthielt und daß das Haus, mit dem wir uns so ausgiebig beschäftigt haben, von Anfang an außerhalb der Stadtgrenzen gestanden haben muß; aus irgendeinem Grunde hätte der Künstler es in die Stadt versetzt. Auch diese Vermutung ist unhaltbar. Jede einzelne der Stadtansichten, die ich erwähnt habe, umfaßt mehrere tausend Häuser. Daß ein einzelnes und ganz unbedeutendes unter ihnen zum Gegenstand einer so unbegreiflichen Verkehrung geworden sein könnte, das scheint mir undenkbar.

Ich muß mich also mit der unbefriedigenden Erklärung begnügen, daß ein ganz unwahrscheinlicher Zufall im Verlauf von dreihundert Jahren, in der Stadt Thorn in Polen, zwei Häuser hervorgebracht haben soll, die einander bis ins kleinste Detail glichen.

Die Sammlungen enthalten kein späteres Bild der Stadt. Das alte Thorn ist bekanntlich, zu einem späteren Zeitpunkt, bis auf die Grundmauern zerstört worden. Als ich die Bibliothek verließ, hatte es aufgehört zu regnen; die Sonne beleuchtete, klar und deutlich, die ganze Stadt.

Eine Insel in der Gegend von Magora

»... daß man sie für Inselbewohner hätte halten können, deren Grauen vor der eigenen Natur sie dazu bringt, allmählich ihr ganzes Geschlecht auszurotten«

(J.v.K. Vol. 27 p. 128)

Undeutlich verstandene Überlieferungen von verschiedenen Seiten nennen eine Insel von beträchtlichem Umfang, wo die Bewohner aus Grauen oder Scham über ihre eigene Natur einander ausgerottet haben sollen, kaum daß sie hinter die Grundlagen ihrer Existenz und hinter den Zweck gekommen waren, den die Geschichte ihnen vorgeschrieben hatte.

Und sogar für uns, die wir nicht mehr glauben, daß die Geschichte uns einen Zweck vorschreibt, kann es interessant sein, von dieser Sache Kenntnis zu nehmen.

Die Insel soll in der Gegend von Magora gelegen haben, nicht weit von dem Sunde entfernt, der wegen seines tiefen schwarzen Wassers Tinth genannt wird.

Es ist also bei weitem keine tropische Insel, sondern eine Insel mit hohen Bergrücken, Nadelwald und weit ausgedehnten tundraähnlichen Gebieten auf der trockeneren westlichen Seite. Der bergige Untergrund ist vulkanischen Ursprungs, aber in historischer Zeit hat kein Ausbruch stattgefunden. Die Strände sind unzugänglich und steil.

Diese Gegend weist keine eigentlichen Raubvögel auf. Die Zwergweide wächst hier wild, ebenso das rötliche Milchkraut und das dichte, zum Herbst hin sich rötende Gras, das rotes Straußgras genannt wird.

Noch Ende des neunzehnten Jahrhunderts berichten zufällige Besucher davon, daß sich Spuren der ursprünglichen Straßen auf der Insel erhalten hätten und in der Landschaft als lange Windungen von flacherem und spärlicherem Krautwuchs zu erkennen waren.

Die niedrigen Steinmauern, die heute noch zu erkennen sind, deuten auch den Verlauf der Straßen an, ebenso die genau dort hingesetzten Grenzmale aus flachen Steinen. Die alte Landstraße nach Rehm und Röhm führte hier über eine Hochebene, auf der einmal hoher Kiefernwald gewachsen sein muß.

Es ist eine, wie drücke ich's am besten aus: überwiegend dürftige Landschaft ohne bemerkenswerte Naturerscheinungen. Große Scharen von Spatzen hausen in den Birkenwäldchen, die die Einförmigkeit der Ebene unterbrechen. Wenn jemand sich ihnen, über die Ebene kommend, nähert, steigen die Vögel auf wie Wolken. Bald kommen sie wieder in den Wipfeln der Bäume zur Ruhe.

Die breiten Talschluchten fallen sehr langsam zum Meer hin ab. Der Nadelwald weicht Haselbüschen und Birken, und allmählich geht das Gras in höherwachsende, schilfrohrähnliche Arten über.

Der Winter ist vergleichsweise mild, mit langen, eintönigen Regenfällen. Sie weichen den Boden auf. Das Wasser strömt in tausend Rinnsalen zum Meer hinunter. Durch den Dunst, der an solchen Wintertagen hartnäckig von Westen heranwallt, kann man, wenn das Meer still ist, das Geräusch von dem Feuerschiff »Point Bogue« ausmachen, das fünfzehn Minuten Fahrt entfernt im Meer liegt. Seine Besatzung sind die einzigen Menschen, die regelmäßig in der Nähe der Insel leben. Die Männer werden jeden zweiten Monat abgelöst.

Die Überlieferung, wonach sich die frühere Bevölkerung dieser Insel grotesken erotischen Ausschweifungen hingegeben hat, ist die Art und Weise der Volksphantasie, Geschehnisse zu erklären, die anders unerklärlich erschienen wären. Allein der Anblick der kargen Verhältnisse auf der Insel sagt uns, daß sie nicht zu dem bizarren Sittenverfall eingeladen haben kann, bei dem ältere Quellen mit Vorliebe verweilen.

Die eigentliche Wahrheit über die Geschichte der Insel ist in Wirklichkeit zugleich komplizierter und trivialer. Wichtige Teile der vollständigen Erklärung erscheinen noch sehr wenig greifbar.

Der erste Schritt zu dieser Erklärung wurde an einem Maitag des Jahres 1880 getan, als die Besatzung eines dänischen Handelsschiffes an Land ging, um ihre Süßwasservorräte zu erneuern.

Ein Matrose, Justus Reinmann, soll damals eine Weile von seinen Kameraden abgekommen sein, als er versuchte, einem größeren Vogel nachzustellen, der sich allem Anschein nach am Flügel verletzt hatte und halb fliegend, halb hüpfend, »in hohen unregelmäßigen Sprüngen« zwischen den hohen Steinblöcken auf einem niedrigen kiefernbestandenen Bergrücken verschwand.

Reinmanns Bericht ist unklar und enthält viele Einzelheiten, die in offenem Widerspruch zueinander stehen. Vielleicht muß man annehmen, daß er, als er nach zweitägiger Suche wiedergefunden wurde, allzu erschöpft und verwirrt war, als daß er eine klare Darstellung hätte geben können. Er verstarb denn auch kurze Zeit danach, lange bevor das Schiff den Hafen erreichte. Das ist bedauerlich, da es bedeutet, daß kein gebildeter Mensch Gelegenheit bekam, aus seinem eigenen Munde die Beschreibung zu hören, die der Kapitän des Schiffes, vermutlich mit vielen Mißverständnissen und ganz sicherlich auch mit Auslassungen, in seinem Logbuch aufgezeichnet hat.

Es scheint jedoch, als hätte der Matrose Reinmann durch einen glücklichen (oder unglücklichen) Zufall dieselbe

Entdeckung gemacht, die die ältesten Bewohner der Insel einmal in entlegener Vorzeit gemacht haben müssen. Die knappen Aufzeichnungen des Logbuchs lassen am ehesten vermuten, daß er an einer Quecksilbervergiftung gestorben sein muß.

Forscher und ihre Funde haben später das Bild vervollständigt. Wir wissen jetzt in Wirklichkeit viel über die Tragödie, die die Bewohner der Insel zu einem Zeitpunkt getötet haben muß, der nicht später als um das Jahr 1350 liegen kann.

Eine Art kleiner runder Lavascherben, der Farbe nach meist schwarz, die sogenannten *Schneidezähne*, stellen das älteste Zeugnis der unheimlichen Lotterie dar, mit deren Hilfe die ältesten Urbewohner versucht haben, ein alles überschattendes Problem zu lösen.

Diese *Schneidezähne* scheinen, einmal verteilt und entweder mit dem sonnenförmigen Zeichen des Tages oder dem mondförmigen Zeichen der Nacht versehen, den Toten während seiner ganzen Lebenszeit und auch im Grabe noch begleitet zu haben und sind in großen Mengen in den Grabfunden um die einst grünenden Städte Röhm und Rehm zu finden.

Vom Umfang des Handels der Insel kann man sich eine Vorstellung machen an Hand der unerhört reichhaltigen Funde von Münzen mit römischer, arabischer und persischer Prägung – aber auch von mittelalterlichen europäischen Münzen – die in großen Mengen in Gräbern und Schatzverstecken wiedergefunden worden sind. *Aber am höchsten (von) allen (Metallen) schätze ich das geheimnisvolle (Gold?) aus Rehm,* heißt es im Volkslied aus Vid.

Zu den prächtigen Goldfunden bei Hassel gehört ein Hochrelief in getriebenem Gold, das um ein Gefäß von fünfundvierzig Zentimeter Durchmesser läuft. Das Bild stellt eine Prozession dar, die sich zu einem Schiff hinunterbewegt, vielleicht um einem Meeresgott Opfergaben zu bringen, vielleicht auch nur, um das Schiff für eine Expedition in entlegene Fahrwasser auszurüsten. (Möglicherweise die erfolgreiche

Expedition, deren Schicksal später auf eben demselben Relief erzählt wird!)

Gefäße unterschiedlicher Größe, Funde, Lebensmittel und Werkzeuge werden in der Prozession getragen. Hier finden sich Menschen, Tiere und darüber hinaus eine Art grotesker Geschöpfe abgebildet, die in der Hand einen Schlüssel tragen. Nur mit Mühe unterscheidet man ihre menschliche Gestalt.

Große Einigkeit herrscht darüber, daß der *Schneidezahn*, den man dem neugeborenen Kind vermutlich schon nach der Geburt in die Hand legte, für sein Leben entscheidend wurde.

Im Unterschied zu anderen Völkern scheint die frühere Bevölkerung von Röhm und Rehm keine Vorstellungen eines Totenreiches gehabt zu haben. Von all den verschiedenartigen Mutmaßungen, die um dieses Faktum angestellt worden sind, scheint mir die glaubwürdigste am Ende die zu sein, daß diese isolierten Menschen auf ihrer Insel zu der originellsten aller denkbaren religionsgeschichtlichen Konzeptionen gekommen waren. Um diese Annahme glaubwürdig zu machen, muß ich einige wesentliche Fakten summieren.

Unter anderem aufgrund des völligen Fehlens von Kochsalz auf der Insel war ihre Bevölkerung bereits in der Vorzeit, was ihre Existenz betrifft, von der Zufuhr dieses lebenswichtigen Stoffes von der Außenwelt unmittelbar abhängig. (In diesen nördlichen Gewässern ist die Benutzung von Salinen ganz unzureichend.) Da der Ackerbau auf der Insel an und für sich keinen Handelsgewinn bieten konnte als durch anspruchsloseste landwirtschaftliche Erzeugnisse, unter denen möglicherweise Schafwolle eine gewisse Rolle gespielt hat, sah man sich gezwungen, Handel mit den seltenen Metallen zu treiben, die in den zentralen, vulkanischen Teilen der Insel in großer Tiefe lagern.

Diese Erzschichten enthalten Osmium, Beryllium, Molybdän und vor allen Dingen außerordentlich reiche Mengen von Quecksilber in verschiedenen Verbindungen. Anfangs muß das Gold begehrenswert gewesen sein. Da es hier stets in Verbindung mit Quecksilber vorkommt, muß das Freisetzen und Bearbeiten des Goldes mit außergewöhnlich hoher Vergiftungsgefahr verbunden gewesen sein.

Welche Methoden genau in den Bergwerken und Schmieden angewandt worden sind, wissen wir nicht: Die Skelettfunde um diese früheren Industrien deuten auf schreckliche, tiefreichende Quecksilberschäden.

G. Anderssens Berechnungen zeigen, daß die Insel bereits während der frühen Völkerwanderungszeit eine Bevölkerung von etwa 127 000 Bewohnern gehabt haben muß, von denen *etwas weniger als die Hälfte* im Bergbau und an den zahllosen Gebläse-Öfen beschäftigt waren, in denen die Metalle gewonnen wurden.

Das muß bedeutet haben, daß die Hälfte der Inselbevölkerung, als auf einen absolut lebenswichtigen Teil ihrer Versorgung, auf Tätigkeiten angewiesen war, die unerbittlich ihren Tribut forderten in Gestalt von Haarausfall, Zersetzung roter Blutkörperchen, Schäden an vitalen Gehirnfunktionen und schließlich - von entsetzlichem Zerfall.

Anderssen ist es auch, der den Gedanken vorgebracht hat, die nur teilweise menschenähnlichen, schlüsseltragenden Figuren auf dem Goldrelief des Hasselfundes seien in Wirklichkeit Vertreter desjenigen Teiles der Inselbevölkerung, der Metalle bearbeitet. Der Schlüssel kann das symbolisieren.

Wie ist diese tragische Kaste entstanden? Welche Spannungen können zwischen diesem Proletariat und der vergleichsweise glücklichen ackerbauenden Bevölkerung geherrscht haben, die aus der schrecklichen Erniedrigung ihrer Stammesgenossen zweifellos Nutzen gezogen hat? Durch welche Sanktionen können Menschen in diese Bergwerke hinabgetrieben worden sein? Wie hat sich die Sklavenkaste - falls es eine Sklavenkaste war - rekrutiert?

Das alles sind Fragen, die uns unmittelbar fesseln.

Mehr als sechshundert Jahre hindurch scheint diese Kultur, vor allem dank der Natur der Insel, Angriffe von außen mit Erfolg abgewehrt zu haben. Ein Teil von ihnen hat Spuren in Gestalt von abgebrannten Gebäuden und Resten von Städten hinterlassen, die offenbar mit Waffengewalt zerstört worden sind.

Natürlich liegt es auf der Hand, anzunehmen, daß einige dieser Streitigkeiten keine Auseinandersetzungen mit Feinden von außen gewesen sind, sondern gescheiterte Aufruhrversuche dieser schrecklichen und in Wahrheit unterdrückten Sklavenkaste, die aus den Bergwerken strömte, um Rache für ihr vergeudetes Leben und ihre dem Zerfall überantworteten Körper zu fordern.

In Wirklichkeit gibt es nichts, was darauf hindeutete, daß ein solcher Aufruhr stattgefunden hat. Noch nach dem dreizehnten Jahrhundert wurde die Insel recht fleißig von ausländischen Reisenden besucht. Viele von ihnen geben lebendige Beschreibungen selbst von geringfügigen Einzelheiten in dem Leben, das ihnen begegnete und das recht erfolgreich die Mauer aus Wortkargheit durchbrach, die herkömmlicher Ansicht nach die Bewohner auszeichnete, aber keiner erwähnte je, daß ein Gegensatz zwischen der metallbearbeitenden und der ackerbauenden Bevölkerung geherrscht hätte.

Vielmehr hat es den Anschein, als wären die beiden Bevölkerungsgruppen, obwohl sie von ihrer Existenz gegenseitig sehr wohl wußten, voneinander praktisch isoliert gewesen.

Mehrere Reisende erwähnen unabhängig voneinander ein bemerkenswertes Faktum, nämlich die Tauschplätze oder »Dingstätten«, kleine aus Steinen gefügte Vierecke oder Miniaturmärkte mitten auf der Hochebene draußen, wo die Metallbearbeitenden nachts das Ergebnis ihrer Arbeit hinlegten und die Lebensmittel abholten, die dort vor Einbruch der Dunkelheit von der ackerbauenden Bevölkerung hingelegt worden waren. Offensichtlich hatten diese Dingstätten nicht nur den Charakter von Handelsplätzen: sie dienten irgendeinem kultischen Zweck.

Hervorhebenswerter noch ist die Aufzeichnung eines frühen christlichen Missionars (Johann von Gent), in der es heißt: »... und an diesen Plätzen verweilen sie lange und betrauern weinend *ihre Anverwandten*« (Hervorhebung von mir), »die der dunklen Seite angehören und ihre Arbeit im Inneren des Berges haben.«

Die Aufzeichnung darüber, daß Mitglieder der einen Anverwandte in der anderen Kaste gehabt haben, schließt die Annahme aus, wonach das Gesellschaftssystem hier auf irgendeinem vererbbaren Kastensystem beruht hat, und auch die Hypothese eines Eroberervolkes und einer unterdrückten Urbevölkerung kann damit zurückgewiesen werden. Man muß also annehmen, daß beide Kasten, ethnographisch betrachtet, der gleichen Bevölkerung angehört haben, und nicht genug damit: daß beide Klassen aus Mitgliedern derselben Familie rekrutiert worden sind.

Die meisten derjenigen, die sich für diese Frage interessiert haben, haben sich ganz gedankenlos mit der Annahme begnügt, wir hätten es hier mit einer Gesellschaft zu tun, deren Existenz auf der wirtschaftlichen Wechselbeziehung zwischen zwei Arten von Produktionen beruhte, und der einen Klasse, der ackerbauenden, sei es gelungen, so sehr die Oberhand zu gewinnen, daß sie unter furchtbaren äußeren Bedingungen imstande war, die andere auszubeuten.

Hervorhebenswert ist, wie viele bedeutende Forscher sich in Wirklichkeit mit dieser Hypothese begnügt haben und eilig übergegangen sind zu allerlei spekulativen Annahmen über die Ursachen für das rasche Aussterben der Bevölkerung im vierzehnten Jahrhundert, ohne daß sie das völlig Unwahrscheinliche an dieser Überlegung eingesehen hätten.

In Wirklichkeit ist es undenkbar, daß die eine dieser Kasten längere Zeit hindurch die andere hätte ausnutzen können; vielmehr ist offensichtlich, daß die Partei, die in einem solchen Streit Trümpfe in der Hand hatte, die Bergleute gewesen sein müssen.

»Das Gold aus Rehm« war eine außerordentlich hochgeschätzte Handelsware, der Ursprung für den gesamten Wohlstand der ackerbauenden Klasse. Aber nicht genug damit: diese Klasse war, was ihre Existenz betrifft, gänzlich auf die Zufuhr von Kochsalz von außen angewiesen.

Jede Weigerung der Bergleute, nachts die gewohnten Mengen von Metallen an den »Dingstätten« abzuliefern, muß die ackerbauende Bevölkerung vor eine fast unmittelbare Katastrophendrohung gestellt haben.

Diese Verhältnisse müssen es wohl dem geplagten und ausgestoßenen Teil der Bevölkerung in einem sehr frühen Stadium möglich gemacht haben, jeder Forderung nach Verbesserungen ihrer schrecklichen Lebensbedingungen Nachdruck zu verleihen. Sieben Jahrhunderte hindurch scheint das nicht geschehen zu sein. Keine bestimmten Zeichen gehen der endgültigen Katastrophe voraus.

Lange erschien mir die ganze Fragestellung so hermetisch, ja fast abschreckend unlösbar, daß ich jegliche Hoffnung hatte fahren lassen, einen Leitfaden auf einem Gebiet zu finden, wo so viele andere trotz glänzender Ansätze und ausgedehnter Kenntnisse gescheitert waren.

Längere Zeit arbeitete ich mit der Hypothese, detailliertere Angaben über den Charakter des nächtlichen Handelsaustausches, der an den »Dingstätten« stattfand, müßten irgendeinen Schlüssel zu dem Problem enthalten. In Wirklichkeit zeigte sich bald, daß sich keine Einzelheiten rekonstruieren ließen, und das einzige Ergebnis, zu dem ich kam, war, daß beide Kasten vom allerfrühesten Kindesalter an auf deutlich systematische Weise jede gegenseitige Berührung vermieden haben mußten.

Ich machte jetzt die, wie sich erweisen sollte, nicht ganz unrichtige Annahme, daß die beiden Arten von *Schneidezähnen* in einer bestimmten Beziehung zu den zwei Bevölkerungen stünden, und wagte die kühne Vermutung, die Verteilung der einen oder der anderen Art von *Schneidezähnen* an das Kleinkind stelle das entscheidende Moment in einer schrecklichen und barbarischen Form von Losziehung dar.

Das führte mich zu verschiedenen Untersuchungen an den

erhaltenen Bruchstücken der ältesten Sprache der Insel und besonders an solchen Wörtern und Vorstellungen, die einen Zusammenhang mit »Kindheit«, »Geburt«, »erwachsen«, »Lebensschicksal« usw. haben könnten.

Die Sprachbruchstücke sind unbedeutend: Reste von zwei Tanzliedern, deren Texte zum Teil allen philologischen Bemühungen getrotzt hatten und die im übrigen nichts Nennenswertes zu bieten schienen als einen Zauberspruch, mit dem Läuse aus dem Haus verbannt werden sollen, und zwei Sprichwörter, die anscheinend beide etwas über die Notwendigkeit sagen wollen, die Wahrheit zu sprechen und ein einmal gegebenes Versprechen zu halten. Das zweite dieser Sprichwörter lautet (in freier Übersetzung): *Halte dein Wort, genau als du lebtest, denn aus schmelzendem Schnee ragen alte Steine.*

Der Sinn ist offenbar der, daß ein einmal gegebenes Versprechen sich in Erinnerung bringt, genau wie alte Steine, die herausragen, wenn die Frühlingssonne die Schneedecke dünn gemacht hat.

Diese Moral ist ja so trivial und allgemein menschlich, daß kaum jemandem einfallen dürfte, sie in Frage zu stellen oder ihr tiefere Aufmerksamkeit zu widmen, was in der kommentierenden Literatur auch nicht geschehen ist.

Das ist bedauerlich! Denn dieses Sprichwort enthält in Wirklichkeit den Schlüssel zu der ganzen rätselhaften Kultur.

Durch einen reinen Zufall kam ich darauf, mich zu fragen, was die seltsame Formulierung *genau als du lebtest* eigentlich besagen sollte. Einen Augenblick schwebte mir vor, dieser Ausdruck sollte gelesen werden: »genau als (ob) du lebtest«. Ich hätte das als einen völlig absonderlichen Einfall verworfen, wäre ich nicht kurz danach im Ringelied auf die absonderliche und ganz märchenhafte Verszeile über *Ringe* gestoßen: *der einstmals blind umherzog.* Das Seltsame an dieser Verszeile ist: An keiner anderen Stelle des Liedes wird angedeutet, daß Ringe umhergewandert und blind gewesen sei. Bereits zu Beginn der Handlung ist er ein mächtiger König, und das Lied handelt davon, wie er in Armut gerät, weil er all seine Töchter an grausame und geizige Schwiegersöhne verheiratet. Kann die Verszeile vorausgedeutet haben auf Ringes späteres Schicksal?

Der endgültige Beweis ist natürlich der häufige Gebrauch des Ausdrucks: *das Land der Lebenden*, der immer so verwendet wird, als handelte es sich um etwas sehr Abgelegenes, und der manchmal als Synonym für das »Festland«, manchmal als Synonym für das »Glücksreich« gebraucht worden ist.

Das Volk in Röhm und Rehm glaubte an ein Totenreich! Und ihr Totenreich ist *hier und jetzt – in diesem Leben* werden Strafen und Belohnungen für ein vergangenes wirklicheres Leben verteilt.

Auf dieser einzigartigen Vorstellung hat ihre Kastenaufteilung beruht. Die eigenartige Lotterie mit den *Schneidezähnen* ist nichts anderes als die Zeremonie beim Eintritt des »Toten« in die Nachwelt, wo sein Schicksal entschieden wird, und die schreckliche Einreihung in die Kaste der Bergleute ist nichts anderes als das gerechte Urteil für begangene Sünden in dem eigentlichen, vorhergegangenen Leben.

Vieles an dieser dämonischen und sonderbar großartigen Kultur und ihrer Weltdeutung muß für immer unerklärt bleiben. Von der seltsam rückgewandten Perspektive und der absonderlichen metaphysischen Belastung, die die Gesellschaftsstruktur bei diesem Volk gehabt haben muß, können wir uns nur eine abstrakte und verwässerte Vorstellung machen.

Das größte Geheimnis von allen, das katastrophenartige Verschwindung der Bevölkerung zu Beginn des vierzehnten Jahrhunderts, muß vielleicht für immer ein Geheimnis bleiben.

Sicher ist, daß um diese Zeit die ersten christlichen Missionare das Festland und auch Magora erreichten. Die Annahme liegt nahe, daß die schockartige Konfrontation mit einer Weltanschauung, die besagt, daß der Mensch seinen Tod, seinen Himmel und seine Hölle vor sich hat und frei über sein künftiges Schicksal in dieser Welt entscheiden kann, ein unerhörtes Trauma ausgelöst haben muß.

Es ist schwer, sich mit gleichbleibender Gemütsruhe die Wirkung vorzustellen, die diese Botschaft von Freiheit und Verantwortung auf Menschen gehabt haben muß, die siebenhundert Jahre hindurch ohne Zögern zugelassen haben, daß ihre Anverwandten in ein Dasein verwiesen wurden, das buchstäblich die Hölle gewesen sein muß, während auf der anderen Seite Generationen und Abergenerationen von Menschen in dieser Hölle verschmachtet sind, um ihresgleichen ein pastorales Paradies aufrechtzuerhalten, in der absonderlichen Gewißheit, daß das mit metaphysischer Notwendigkeit geschah. Und man kann sich fragen: Welcher tückische und unheimliche Dämon kann ursprünglich diese widerwärtige Weltauffassung hervorgebracht haben?

Von den schrecklichen inneren Umwälzungen, die innerhalb eines Jahrzehnts jegliche Spur von Leben auf dieser Insel vernichtet hat, ist sehr wenig bekannt. Durch das Zeugnis eines zufälligen Besuchers (Vertorigués) wissen wir nur, daß das Christentum und die einheimische Religion für kurze Zeit eine eigenartige Verbindung eingingen in einem ergreifenden Kompromißversuch, der darauf hinauslief, die einheimische Vorstellung beizubehalten, wonach das Leben *nach* diesem Leben *dieses* Leben ist und wonach die Metaphysik des Christentums nur Gültigkeit hatte für diejenigen, die einmal waren, für »die Lebenden«.

Die Ankunft neuer Missionare scheint diese absonderliche Vorstellung rasch aufgelöst und zum endgültigen Aufflammen einer Krise geführt zu haben, »von der es keine Rückkehr gab«.

Ob das Letztgenannte geschehen ist, darüber ist nichts bekannt, und wir können nur auf die ominös anmutende Worte bei Johan von Köln hinweisen: Er spricht von »Inselbewohnern, deren Grauen vor der eigenen Natur sie dazu bringt, allmählich ihr ganzes Geschlecht auszurotten«.

Seit langem ist kein anderes Geräusch mehr zu hören als Windessausen und rauhe Vogelrufe über der Hochebene, auf der einst Handelsstraßen verliefen und Städte aus dunklen, lavahaltigen Ziegeln gebaut wurden. Die plumpen, mit unendlicher Mühe gesprengten Bergwerksstollen sind lange schon fast völlig eingestürzt.

Friedlich weht das Gras über dem, was einmal Röhm und Rehm war. Welche Zeit herrscht dort jetzt? Vielleicht weder gegenwärtige noch vergangene Zeit? Vielleicht eine Zeit, die nirgends ist? Oder vielleicht eine Zeit, die abwartet, ein Reich, das darauf wartet, bevölkert zu werden? Von wem?

Wenn ich über dieses wehende hohe Gras nachdenke, kommt mir seine Friedfertigkeit trügerisch vor.

Bakunins Reise

Unter den Eisengewölben der großen Bahnhöfe vereinen sich alle Einzellaute zu hallendem Brausen. Eine dünne Rußschicht liegt auf allen Verstrebungen und von den riesigen Schnellzuglokomotiven strömen weiße Dampfwolken hinauf unter das Dach, wo sie sich zwischen Pfiffen und gellenden Lauten verirren. Der eigentümlich bittere Geruch erhitzten Metalls hinterläßt einen beißenden Geschmack auf der Zunge. Der Regen fällt vermischt mit schwarzen Rußflocken. Sie zeichnen Spuren auf die weiße Bluse der schönen dunkelhaarigen Frau.

Jede Woche im April 1873 erscheint im »Journal de Genève« unter der Spalte »Persönlich« folgende merkwürdige Anzeige:

»Wenn ein Stein nur ein Stein wäre, so würden wir ihn nicht Stein nennen.«

Anfang Mai hat diese Anzeige ihre Empfänger erreicht und gleichzeitig wurde sie von vielen anderen gelesen, die sich alle anstrengten, den geheimnisvollen Inhalt der kurzen Zeile zu deuten.

Mitte Juni werden bei einem in Bern verhafteten russischen Emigranten Beweise entdeckt, daß die »Allianz für soziale Demokratie« noch immer existiert, obwohl sie schon vor mehreren Jahren hätte aufgelöst sein sollen.

Einige Tage darauf geht ein Brief von der Florentinischen Bruderschaft an die Juraallianz mit einer längeren verschlüsselten Nachricht. Ein riesiger Mann, verkleidet als anglikanischer Priester, übergibt den Brief in Florenz.

Netjatjev schreibt an Ljubavin.

Das Komitee in Lüttich an den Ausschuß in Gent.

Das Untersuchungskomitee der Internationalen an die überlebenden französischen Blanquisten in Bern.

Die russische Geheimpolizei schickt ein Memorandum an die Geheimpolizei Preußens, die ihrerseits eine verschlüsselte Nachricht nach Bern sendet.

Cafiero an Schwitzguebel.

Die Studenten für die Freiheit in Sofia an die serbische Allianz.

Im Unsichtbaren häufen sich die Ereignisse, die Entscheidung ist nah.

Am 23. August dieses Jahres tritt der Führer der anarchistischen Bewegung, der geheimnisvolle Fürst Michael Bakunin, eine Reise von seinem Wohnsitz in Tessin nach Bern an.

Und am 26. September des gleichen Jahres veröffentlicht das »Journal de Genève« seinen offenen Brief, in dem er erklärt, daß er sich von der revolutionären Tätigkeit zurückziehe:

»Mögen andere und jüngere Kräfte die Arbeit weiterführen. Ich selbst fühle weder die Kraft noch die Zuversicht, die es erfordert, den Stein des Sisyphos gegen die siegreichen Kräfte der Reaktion anzurollen ... Ich werde in Zukunft niemanden stören und bitte meinerseits in Ruhe gelassen zu werden.«

Zwischen diesen Zeitpunkten haben Organisationen in allen Ländern Europas ihre mächtigen, unsichtbaren Heerscharen mobilisiert. Geheimschriften werden entschlüsselt und aufs neue chiffriert, Kodesysteme werden in Briefen ausgetauscht, die im Laufe ihrer Reise bis zu sechzehnmal den Umschlag wechseln, oder in Anzeigen, die in raffinierter Planung zwischen den Spalten verschiedener Zeitungen wechseln und ständig ihren Text verändern.

Er wird von unaufhörlichen Erkältungen gepeinigt. Dumpfer und lastender Schmerz läßt seine Gesichtsnerven vibrieren. Er glaubt zuerst an Zahnschmerzen. Um etwas Bewegung zu bekommen macht er es sich zur Gewohnheit, sein Taschentuch (schwarzgraues, verklebtes und schlecht gesäumtes Leinen) auf einen im Zimmer weitentfernten Stuhl zu legen. Nachts rollt er sich in seine Decken wie ein sich verpuppendes Insekt und schläft seinen tiefen traumlosen Schlaf. Nur die im Zimmer zerstreuten Hefte und Aufrufe geben dem dürftig eingerichteten Raum Farbe.

Er fängt an mit sich selbst zu sprechen, während er am Schreibtisch sitzt, mit tiefer und polternder, fast munterer Stimme. Es klingt so, als ob er tröstend zu kleinen Kindern spräche. Den ganzen Frühling hindurch fällt schwerer, rußvermischter Regen.

Er liest zu dieser Zeit sehr viel. Er grübelt selbst über die Wahrscheinlichkeitsgesetze nach und kommt zu dem Ergebnis, daß, auch wenn jedes Ereignis einen Grund hat, daraus nicht folgt, daß jedes Ereignis zwangsläufig ist. Er liest Alexander Bryan Johnsons »The Bank Panic and Pressure« und lehnt es als epigonal ab, eine Nachäffung zeitgenössischer europäischer Arbeiten. Er blättert in T. Philip Smith's halb kabbalistischen Spekulationen über die Goldwährung und sieht mit Beifall die Vermutung, daß eine riesige Wirtschaftsdepression in Reichweite sei. Er lehnt Gürthelbergs »Das Weltproblem« ab.

Er ist noch immer ein riesiger Mann, mit polterndem Lachen. Er raucht täglich hundert Zigaretten und seine Augen sind noch immer jungenhaft.

Am 23. August reist Fürst Michael Bakunin, neunundfünfzig Jahre alt, vom Tessin nach Bern. Es ist ein regnerischer Sommer, ein Jahr, in dem der Herbst früh kommen wird und je weiter er sich auf seiner drei Tage langen Reise vom Süden entfernt, desto grüner wird die Vegetation außerhalb der Abteilfenster. Es wird Nacht, der Zug hält immer seltener, und in dem Abteil dritter Klasse mit harten, ungepolsterten

Bänken gehen Menschen ein und aus. Ein älterer Priester mit zerknittertem, schlechtriechendem schwarzen Mantel, den er eine Stunde lang im Verdacht hatte, Spion zu sein, wacht ruckartig auf, ergreift seinen schmalen Koffer und macht sich fertig, um am nächsten Bahnhof auszusteigen.

Wenn der Zug an einsam gelegenen Haltestellen steht und er plötzlich in ein erleuchtetes Zimmer am Bahndamm sehen kann, weckt das nicht mehr seine Neugier, wie es früher, in seiner Jugend, der Fall war. Er glaubt zu wissen, wie es hinter den ungeputzten Fensterscheiben aussieht, er hat diese Zimmer von innen gesehen. Die verwischten Gestalten, die sich im Licht einer schlecht abgeschirmten Lampe hin und her bewegen, können nur für einen kurzen Augenblick seine Aufmerksamkeit fangen. Er versucht alle nur denkbaren Stellungen, um einzuschlafen, er streckt und dehnt seinen mächtigen Körper auf dem harten Holz, doch er, der sonst nie Schwierigkeiten beim Reisen hat, merkt, daß er sich in einem Zustand aufgedrehter Überwachheit befindet, in dem ständig unangemeldete Gedanken sich seine Aufmerksamkeit erzwingen. Er ist jetzt allein im Abteil und ist umgeben nur von dem vertrauten Klopfen der Schienen und dem heftigen Knarren des Holzwagens, wenn dieser sich in die Kurven legt.

Die Deckenlampe leuchtet karbidweiß, und er spürt schon die bei Reisenden, die lange in einem Zugabteil sitzen, gewöhnliche Wahrnehmung: das Vorbeigleiten an der Landschaft, das Unpersönliche der Umgebung, die Gesichter der Unbekannten, die anzustarren sie gezwungen sind – alles trägt dazu bei, ihr Gefühl, ein bestimmter Mensch zu sein, aufzulösen, so daß sie plötzlich einen Augenblick lang glauben, jeder beliebige Mensch sein zu können oder gar keiner.

Für kurze Zeit schläft er ein und träumt einen unbestimmten und peinigend undeutlichen Traum. Eingesperrt in einen kleinen, sehr klar erleuchteten Raum versucht er vergeblich, eine Öffnung längs der blanken weißen Wände zu finden. Eine Erinnerung an seine Gefängniszeit in Rußland, die jetzt sehr selten wiederkehrt. Und er träumt, daß er einer der Menschen ist, deren Leben sich durch Frost erhält. Die Herzen dieser Menschen schlagen unendlich langsam, umgeben von Kühle und Dunkel, und sie sind glücklich unerreichbar für die Veränderungen der Welt – alles bewahren sie so wie es einmal war, bevor der Frost sie umarmte.

Und sein Traum verläßt den geschlossenen Raum und irrt durch das Labyrinth der Erinnerungen: die Frühlingsreise auf dem Amur im Jahre 1861, der Frühlingsfluß, der sich aus seinem Eis befreit, während die verkrüppelten Birken auf den Hügelketten sich blauviolett tönen, der Frühlingswind, der durch die Birkengruppen weht und den verharschten Schnee verwandelt, ihn härtet und glänzend macht wie geschmolzenes Glas.

Und er träumt wieder, wie er im Hafen von Nikolajevsk an Bord des amerikanischen Frachtschiffes »Andrew Steer« geht und seine lange Reise nach London beginnt, die ihn über Japan, San Francisco und New York führen wird.

Und wie er schließlich die Wohnung Herzens in London betritt, ist er es allein, der unter allen anderen das Jahr 1848 in seinem Herzen bewahrt hat. Die Zeit, die seitdem verging, gibt es für ihn nicht. Er glaubt noch an die große, weltumspannende Revolution, an einen alchimistischen Prozeß, der, so wie er die Gefängnisse hinwegschmilzt, auch die geheimnisvollen Widerstände im Inneren des Menschen angreift, die eingebildeten Gefängnisse, die ihn in dieser Welt zum doppelt Gefangenen machen. Für ihn hat es die große europäische Reaktion nie gegeben. Der Frühlingswind weht noch immer, lichtblau und kräftig, über den blauvioletten Birken am Amur. Sein forderndes, dumpfes Pochen an der Tür von Herzen beunruhigt das ganze Haus, und Herzen, der sofort dieses fordernde Pochen wiedererkennt und doch nicht wagt, an dessen Wirklichkeit zu glauben, stürzt von unbestimmter Angst erfüllt an die Tür und öffnet sie mit jener Mischung aus Zögern und Übereifer, mit der man nur die Tür öffnet, hinter der etwas Vergangenes steht, worauf man vor langer Zeit aufhörte zu hoffen.

Und da steht Bakunin draußen und grüßt mit den stolzen und frohen Worten Proudhons:

»Morbleu, laß uns Revolution machen. Das ist das einzig Gute, das einzig Wirkliche im Leben.«

Und noch im Traum fühlt er, an diese Worte denkend, eine Woge der Freude, aus starkem blauen Wind und eiskalt fließendem Wasser des Amur.

Doch in einem anderen Teil seines Traums nähert sich ihm ein Mann und legt ihm einen Stein in die Hand, groß wie ein Hühnerei und eigenartig blauschwarz gefärbt, einen Stein so schwer, daß er ihn nur unter Aufbietung aller Kräfte mit beiden Händen halten kann. »Wenn ein Stein nur ein Stein wäre, dann würden wir ihn nicht Stein nennen.«

Während er schlief, muß der Zug irgendwo gehalten haben, denn als er erwacht, ist er nicht mehr allein im Abteil.

Ein Mann ist zugestiegen, wahrscheinlich erwachte Bakunin durch das Geräusch der zufallenden Tür, als der Fremde hereinkam.

Er gibt vor, den kleinen, sehr bleichen Herrn nicht zu sehen, der bemerkenswert ordentlich gekleidet, gerade zwei riesige, eisenbeschlagene Koffer ins Koffernetz hebt. Es scheint ihn sehr anzustrengen, doch Bakunin macht keinen Versuch, ihm zu helfen, gibt vor, überhaupt nicht wach zu sein. Nachdem es dem kleinen, bleichen, schmächtigen Herrn schließlich gelungen ist, diese riesigen Koffer im Netz unterzubringen – mehrere Male war er nahe daran, das Gleichgewicht zu verlieren und sie beim Schwanken des Zuges aus den Händen gleiten zu lassen –, setzt er sich ängstlich so weit wie möglich von Bakunin entfernt zurecht und beginnt sofort kokett seine schwarzen, gutgebügelten Hosenbeine zu bürsten, auf denen sich Staub befindet.

Bakunin fragt sich, ob dies wirklich einer der Fahrgäste ist, die gewöhnlicherweise dritter Klasse fahren, und betrachtet ihn aus seiner Abteilecke heraus mit wachsender Aufmerksamkeit, während er noch immer vorgibt zu schlafen.

Der Bleiche reibt und wringt seine schmalen, sehr weißen, ungewöhnlich kurzen Hände, wischt sich den Schweiß aus der Stirn mit dem weißen, gutgebügelten Taschentuch, das er in seiner Brusttasche hat, sucht in der Tasche seines dunklen Überziehers nach einer Zeitung, die vermuten läßt, daß er Franzose ist oder jedenfalls französisch liest, versucht in der Zeitung zu lesen, wirft einen Blick auf Bakunin, wendet sich, setzt sich zurecht und versucht wieder zu lesen.

Etwas unbeschreiblich Lächerliches haftet dem Mann an. Und Bakunin spürt ein leichtes, fast juckendes Unbehagen. Es wird verstärkt, als er den schwachen, doch deutlichen Parfümduft spürt, der von dem Mann ausgeht. Und er fragt sich wieder und wieder, wo er diese kokette Unruhe schon früher gesehen hat. Er sucht in seinen Erinnerungen nach einer Verbindung, so wie man zerstreut nach einem Nachschlagewerk greift, um eine Ortsbezeichnung oder ein Zitat aufzusuchen, auf das man noch nie gestoßen ist.

Und so wie man erstaunt, ja fast schockiert ist, das gesuchte Zitat oder den Ortsnamen in einem großen und renommierten Nachschlagewerk nicht zu finden, so entdeckt Bakunin, daß es für diesen Menschen in seiner Erinnerung keine Entsprechung gibt.

Ein Handlungsreisender? Unmöglich. Ein ihm nachgesandter Spion? Unmöglich. Ein bankrotter Geschäftsmann auf Flucht vor seinen Gläubigern? Unmöglich.

Er vereint alle Eigenschaften, von denen jede einzelne für etwas Bestimmtes charakeristisch sein würde. Als ob er eine Mischung aller Berufe auf einmal sei und sie alle mit mehr oder weniger Erfolg ausübe.

Und hinter der unbestreitbaren Eleganz des Mannes, hinter seinen koketten Bewegungen, seiner Unruhe, die ebenfalls kokett ist, entdeckt Bakunin ganz deutlich die gleiche Schäbigkeit, die man bei Menschen findet, die sich zuviel bei ihren eigenen Gefühlen aufhalten, Schmarotzer ihrer Fähigkeit sind, sich zuviel von ihren eigenen und fremden Gefühlen aufregen lassen.

Bakunin empfindet Verachtung. Und Bakunin, der das Böse in der Welt zerstört sehen will, der es im Feuer brennen sehen will, um es zu reinigen, wird von der Unreinheit, die von diesem unangenehmen Kleinbürger ausgeht, belästigt.

Wie kann solch ein Mensch wirklich sein? Wie kann er sich selbst als wirklich erleben?

Und doch tut er das, denn er schwitzt und wendet sich und blättert planlos Seiten vor und zurück in seiner zerknitterten Zeitung.

Bakunin fühlt zunehmenden Ekel. Als ob die Gegenwart dieses Mannes ihn niederdrücke.

Zerstreut schweift sein Blick zu den beiden unsicher im Gepäcknetz liegenden Koffern.

Sie sind ungewöhnlich groß, aus zerschlissenem braunem Leder und ohne Anhänger. Das Schwanken und die Bewegung des Zuges übertragen sich auf das Gepäcknetz und versetzen sie in ein fremdartiges Schaukeln. Etwas Obszönes, ja fast Herausforderndes liegt in ihren Bewegungen. An den Seiten haben sie breite Metallbeschläge, die sie gegen Abnützung und Stöße schützen sollen. Diese Metallkanten sind scharf genug, um einen Menschen zu töten, falls die Koffer aus dem Netz fielen und die Schläfen träfen. Sie tragen die Spuren vom Schleifen auf Bahnsteigen: sie waren zu schwer, als daß dieser erbärmliche Mensch sie hätte tragen können.

»In welchen schweren Waren reisen Sie, mein Herr?«

Bakunins Stimme donnert aus der Abteilecke, und der Schlafende schrickt auf und betrachtet ihn aus verstörten gelblichen Augen. Er antwortet nicht.

Bakunin gibt sich keine Mühe, die Frage zu wiederholen. Er erhebt sich langsam und hebt die Arme zum Gepäcknetz, als ob er daran denke, einen der Koffer herunterzuheben, um ihn zu öffnen und sich selbst zu überzeugen. Da fühlt er ein nervöses, reptilartiges Rucken an seinem Ellbogen. Der Schmächtige versucht, ihn wegzuziehen. Sein Gesicht ist weiß vor Wut oder Schreck.

Ohne daß einer von ihnen ein Wort geäußert hätte, haben sie sich verstanden. Bakunin sah und deutete den dunklen Fleck, der sich immer größer und größer auf dem zerschlissenen Leder in der einen Ecke des Koffers ausbreitete.

Fürst Michael Bakunin und René Bick, der fünffache Frauenmörder, haben sich getroffen.

Wie in Apathie sinken sie, Auge in Auge, auf ihre Plätze zurück.

Laß uns Revolution machen, das ist das einzig Gute, das einzig Wirkliche im Leben. Bakunin dreht sein Gesicht fort und sieht durchs Fenster, wo einzelne Lichtpunkte vorbeirasen. Jetzt ist er unwirklich und der Mann vor ihm wirklich. Jetzt lösen sich seine Organisationen und Bruderschaften, seine heimlichen Allianzen und unsichtbaren Heerscharen in Rauch auf. Und der Rauch verirrt sich unter den Eisengewölben.

Jetzt liegt der Amur wieder in Eis. Über Europa senkt sich eine schwärzere Nacht und die Schienenstränge der großen Bahnhöfe verirren sich zwischen rostigen, schon vergessenen Industrieanschlußgleisen, versteckt unter Nesseln und Gras.

Flugvorbereitungen

Die Landschaft. Ebene, soweit das Auge reicht. Marschland. Sumpfige Wiesen, Öffnungen blauen Wassers, die im Winde dunkeln. Büschel gegilbten Schilfs.

Es ist April, und der scharfe Wind raschelt im Gras. Die Wolken ziehen unruhig und tief, sie lassen uns keinen Augenblick in Ruhe. Der Horizont ist ein gerader Strich. Die verschiedenen Grasarten machen unterschiedliche Geräusche, je nachdem, ob die Halme rauh und starr oder biegsam und weich sind.

Und jetzt, wo der Frühling sich nähert, fällt immer wieder lauer Regen, der sich so unmerklich mit dem Winde vermischt, daß man ihn erst spürt, wenn man bereits naß ist.

Heute morgen schlug ich vier sehr gerade Äste von einer kräftigen Weide ab und schälte sie. In den hohen Weidenbüschen, die weit voneinander wachsen und jetzt blühen, saßen Vögel, viele Vögel. Und eine Art sehr kleiner Häher blieb sitzen, bis ich mit meinen Händen und meiner Axt so nahe war, daß ich ihn hätte fangen können.

Viele Arten von Vögeln: Drosseln, Elstern, Möwen, Rohrweihen, die auf kurzen und sehr breiten gespreizten Flügeln sehr still über die Sumpfwiesen schweben, Bekassinen und Enten, die unmerklich ihre Nester im Schilf und auf den unsicheren Grashöckern bauen.

Die Spatzenschwärme steigen wie eine einzige zusammenhängende Wolke zum Himmel auf, wenn man sich nähert.

Doch einige fallen immer auf den Boden zurück, genau in dem Augenblick, wo die Vogelwolke aufsteigt.

Ich muß jetzt diese Weidenstangen auf sinnvolle Weise zusammenfügen.

Ich lasse sie einander im hintersten Drittel kreuzen, so daß sie einem Vogelschwanz ähneln.

Am oberen Ende müssen sie auch zusammengefügt werden. Ein querlaufender Balken oder vielleicht eine Latte. Das tue ich leicht mit eigenen Stricken. Ich drehe sie in der Hand.

Aber am unteren Ende füge ich sie mit einem hölzernen Bolzen zusammen.

Da mir aber ein brauchbares Werkzeug fehlte, mit dem ich ein so tiefes und regelmäßiges Loch in diese zähe, widerborstige Holzart hätte bohren können, versuchte ich stattdessen, das Loch mit einem glühenden eisernen Bolzen zu brennen.

Mit dieser Methode kriegt man nichts zustande.

Der Bolzen erkaltet, ehe er tief genug in das Holz eindringen kann, und außerdem werden die Ränder des Loches brüchig, wenn sie verkohlen.

Ich mußte diese Weidenstangen wieder wegwerfen und weit umherwandern, um neues Holz zu suchen.

Der Besuch. Ich ging zu B., um zu sehen, ob er ein brauchbares Werkzeug hätte. Die Wiesen zwischen meinem und seinem Haus sind um diese Jahreszeit derart überschwemmt, daß es einen ganzen Tag braucht hinzukommen.

Genau dort liegt ein kleiner Hügel, und mit durchnäßten Kleidern sah ich sein Haus auf der Kuppe und sah, wie einige ebenso nasse Wäschestücke an einer Leine im Winde flatterten.

Sein Haus ist auffallend groß, aus Holz erbaut und mit einer Verkleidung aus sehr unregelmäßigen Brettern, weil nämlich einige davon lange im Wasser gelegen haben, ehe er sie gefunden hat, und weil einige breit und andere schmal sind, so daß sie in einem sehr komplizierten Muster zusammengesetzt werden mußten. Das Dach ist, wie in dieser Gegend üblich, mit Schilf gedeckt.

Als ich jetzt den Hang hinaufkam, sah ich ihn aus dem Hause treten, eine kleingewachsene zögernde Gestalt, die lange völlig stillstand und mich schweigend betrachtete, ehe er zu winken und zu rufen anfing: Er hatte mich erkannt.

Während der ganzen Wanderung derselbe vielversprechende Wind. Was verspricht er?

Das Innere von B.s Haus wird unter anderem von zwei Karbidlampen erleuchtet, die manchmal so heftig aufflammen, daß man erwartet, sie könnten jederzeit explodieren. Sooft eine der Lampen solchermaßen aufflammt und ein flaches, schattenloses Licht über die Wände des Zimmers wirft, kann ich meine Gereiztheit nicht unterdrücken, sondern fahre auf dem Stuhl, wo ich sitze, zusammen. B., der diese Verhältnisse völlig gewohnt zu sein scheint und der Sache nicht den kleinsten Gedanken schenkt, wird dann seinerseits gereizt.

Das hat zur Folge, daß das Gespräch immer wieder ausschert.

Ich sage:

»Deine Frau ist noch nicht wiedergekommen?«

»Nein, sie ist am Dienstag weggegangen.«

»Deine Kinder hast du nicht gesehen?«

»Nein, sie sind lange weggewesen.«

»Glaubst du, daß sie weit von hier sind?«

»Nein, ich glaube, daß sie in der Nähe sind.«

»Warum glaubst du das?«

»Ich meine, ich hätte neulich eines von ihnen sprechen hören. Ich ging an einem dichten Gebüsch vorbei, einem Weidengebüsch. Da meinte ich, einige Stimmen zu hören.«

»Es können vielleicht auch ein paar Vögel gewesen sein?«

»Ja. Ich bin nicht sicher, was es gewesen sein kann.«

»Deine Sachen schimmeln, wenn sie so lange draußen hängen.«

»Ich kann sie nicht hereinnehmen.«

»Warum nicht?«

»Das gibt einen ganz scheußlichen Geruch von nassen Sachen hier drinnen. Ich kann den Geruch von nassen Sachen schwer ertragen.«

»Wenn eine Frau am Dienstag weggegangen ist, müßte sie jetzt weit gekommen sein?«

»Das ist nicht sicher. Überall ist es überschwemmt. Hattest du Mühe herzukommen?«

Ich weiß aus Erfahrung, daß es zu gar nichts führt, wenn man ihn sofort darum bittet, das Werkzeug leihen zu dürfen. Er würde dann sofort leugnen, daß er es hat. (In Wirklichkeit hat er Mengen von Werkzeug; er hat es in einem Kasten verwahrt, der auf einem Regal in der Diele steht.)

Er sagt:

»Du möchtest sicherlich eine Tasse Tee trinken.«

»Ich weiß nicht, ich muß bald zurück, der Weg ist lang.«

»Ich trinke sowieso selber Tee um diese Zeit.«

Er setzt jetzt seinen Primuskocher in Gang, was mich durch den plötzlich aufflammenden Schein der Karbidlampen noch unruhiger macht. Den Brennspiritus, den er zum Vorwärmen des Petroleumkochers benutzt, gießt er direkt aus einer Flasche; er fließt ungleichmäßig, und sehr leicht könnte Brennspiritus in seinen Jackenärmel dringen, der Feuer fangen würde, wenn er den Teekessel auf die Flamme setzt. Er ist äußerst unachtsam, wenn es um solche Dinge geht.

Seine Frau, die ungewöhnlich groß ist, ein Pferdegesicht und nußbraunes Haar hat, scheint der Kücheneinrichtung wenig Aufmerksamkeit zu widmen. An den widerlichen Emailtassen, in denen er seinen Tee serviert, sind große blaue Schlagstellen.

Die Teeblätter holt er aus einer rostigen Blechbüchse, deren Papieretikett sich längst schon aufgelöst hat und abgefallen ist und deren Deckel sich nur mit größter Mühe öffnen läßt. Die Teeblätter sind klein, trocken, sie haben sich auf dem Boden der Büchse zu einer einzigen harten, zusammenhängenden Masse zusammengeklumpt.

Er muß ein Messer zur Hilfe nehmen, um ein paar Eßlöffel voll loszubekommen.

Diesmal trinken wir beide schweigend und ohne daß er mich bittet, mit ihm Schach zu spielen. Ich habe übrigens das Gefühl, daß ich der einzige bin, den er darum bittet. Diesmal tut er es nicht.

Der Tee ist sehr heiß, hat aber einen intensiven Geschmack nach Schimmel, der mir sehr zusetzt. Statt Zucker schüttet er mit großzügiger Gebärde einige Löffel voll eines übelriechenden Puderzuckers in meinen Becher, der in Verbindung mit dem Schimmelgeschmack ein seltsames, beklemmendes Gefühl verursacht.

Früher hat er mich fast immer gebeten, Schach zu spielen. Er behauptet, er habe sich früher einmal leidenschaftlich für dieses Spiel interessiert, doch fessele es ihn eigentlich nicht mehr.

»Es ist interessant«, sagt er, »einzig aufgrund der Unvollkommenheit unserer eigenen Vernunft.«

Ich frage ihn dann, ob das Alphabet interessant ist, einzig aufgrund der Unvollkommenheit unserer eigenen Vernunft.

Unsere Schachpartien zeichnen sich stets durch dieselbe Entwicklung aus. Sie begannen mit einer Reihe schneller Züge, rascher Entschlüsse, kühner Pläne. Später wurden sie ausnahmslos gleich langsam, vorsichtig, unklar, um sich schließlich in so sonderbar uninteressante Situationen festzurennen, daß keiner von uns ausreichend Energie oder Interesse hatte, die Partie zu Ende zu führen.

Und besonders in einem bestimmten Typ von Situationen, wenn meine Hauptfiguren in der oberen rechten Ecke des Spielfeldes eingeschlossen waren, konnte es vorkommen, daß ich eine unerträgliche Müdigkeit empfand, dazu ein sonderbares, plötzlich mich überkommendes Gefühl großer Zuversicht, gerade weil alles mir so äußerst sinnlos erschien.

Schließlich war er damit einverstanden, mir das Werkzeug zu borgen, aber erst nachdem ich ihn überredet hatte, und nur für drei Tage. Mit dieser wertvollen Beute unterm Arm kehrte ich gegen drei Uhr nachts nach Hause zurück.

Ein unerwartet starker und klarer Mondschein machte den Weg zwischen dem Sumpf und den Wasseransammlungen leichter, als ich gedacht hatte. Aufgescheuchte Vögel stoben in dem deutlichen schwachen Licht vor meinen Füßen jählings hoch.

Ich versuchte jetzt andere Auswege. Der Wind hält an, Tag für Tag. Was verspricht er?

Und das Wasser steigt weiterhin. Der Goldregen schlägt aus. Kraniche ziehen auf dem Weg zu ihren Nistplätzen vorbei. Ich bewundere den Flug, der diese schweren Körper in der Schwebe hält, ein wenig *modo volante* und mit einem Einknicken der äußersten Flügelspitze bei jedem Schlag. Zwischen fünfzehn und zwanzig Flügelschläge in der Minute und ein kurzer heiserer Schrei vor jedem Flügelschlag, wenn der lange, schmale Brustkorb durch die heftige Muskelkontraktion zusammengedrückt wird.

Auf diese Weise können diese Vögel, wenn nötig, tage- und nächtelang mit genauem Beibehalten der Richtung fliegen.

Ein blasser Sonnenschein dringt jetzt oft um die Mittagszeit durch, und die Wolkenschatten jagen übers Feld.

Ehe B. wiederkam (ich sah ihn von weitem und unternahm gewisse Anstrengungen, die Arbeiten, mit denen ich beschäftigt bin, zu verstecken), gelang es mir, die Fugen zu machen, für die sein Bohrer so wichtig war. Es war sehr schwer, sie genügend biegsam und zugleich genügend stark zu machen, erheblichen Belastungen standzuhalten. (Wie groß sie wirklich werden, kann ich auf spekulativem Wege nicht entscheiden, und das steigert noch meine Spannung.)

Ich weiß nicht, wieviel er ausmachen oder begreifen konnte. Er hat die aufreizende Gewohnheit, Gegenstände, die er in meinem Haus und darum herum findet, aufzuheben und sie nachdenklich in der Hand zu wägen, so als wollte er sie abschätzen, herausfinden, wozu sie sich verwenden lassen.

Auf meine Frage, ob seine Frau zurückgekommen sei, antwortet er ja, aber auf so nachdenkliche und abwesende Art und Weise, daß ich nicht sicher bin, ob er die Wahrheit sagt.

Mit großem Interesse untersucht er die breiten Hobelspäne, die ich in einem Kasten gesammelt habe. Ich verberge meine Gereiztheit und lasse ihn gewähren.

Die Beobachtung. Sehr früh am Morgen, an einem regenfreien und teilweise sonnigen Tag, gucke ich ganz zufällig aus meinem linken Fenster (dessen Scheibe von der Nachtwärme des Kamins noch beschlagen ist) zum blassen Himmel hoch. Da ist mir für einen Augenblick, als sähe ich etwas Seltsames, einen dunklen Schatten, kaum größer als eine Fliege, der vom Hang des Hügels aufsteigt, sich ruckweise nach oben bewegt und dann, wie schwankend, wieder zu Boden fällt.

Es ist durchaus denkbar, daß das eine Einbildung ist.

Drei Tage später, doch erst gegen Nachmittag, wiederholt sich das Schauspiel. Ich argwöhne, daß er diesen Hang gewählt hat, damit ich nicht umhin kann, zu sehen, was vor sich geht. Den schwankenden, unsicheren Bewegungen und der kurzen Zeit nach, die er sich in der Luft befindet, ist es ihm nicht gelungen, das Problem der Stabilisierung auf befriedigende Weise zu lösen. Vergebens strenge ich meine Augen an – sie tränen fast –, um Einzelheiten auszumachen. Allem Anschein nach liegt er bäuchlings auf dem drachenförmigen Gefährt und lenkt es mit den Händen.

Wir nähern uns jetzt Ende April: Dieser Wind wird nicht länger als zwei Wochen anhalten. Nur geringfügige Schneeflecken sind noch vorhanden. Im Osten, Westen, im Norden und Süden derselbe leere Horizont und dieselben Hügel, dasselbe seichte Wasser.

Und hinter dem Horizont?

Ich weiß, was hinter dem Horizont liegt.

Die Ruine. Das Gebäude, oder der Rest des Gebäudes, liegt etwa dreiundzwanzig Kilometer westlich von hier. Es besteht aus einem Sockel, aus drei Reihen ungefähr einen Meter hoher und einen Meter langer Steine aus ganz porösem Material, die in ellipsenähnlicher Form gelegt sind, aber an dem einen Ende offenstehen. Dieses Bauwerk ist also ungefähr drei Meter hoch. Oben auf der Grundmauer lassen sich Spuren von Mauerwerk und Ziegelbruch erkennen. Im Innern der Ruine, die im Sommer mit Gras bewachsen ist, findet man eine Art kleiner, kubischer Marmorstücke, etwa so groß wie ein halbes Stück Würfelzucker. Sie könnten Teile eines Fußbodenmosaiks oder vielleicht irgendeiner Wandverzierung gewesen sein. Auf allen Seiten ist die Ruine von dichtem Gebüsch umgeben, und in weitem Umkreis ist sie der einzige Platz, wo man ungestört bestimmte raumheischende Arbeiten ausführen könnte, wie etwa: die ganz großen Teile einer sehr leichten und zugleich großen Konstruktion aus geschmeidigem Weidenholz und geflochtenem Schilf zusammenzufügen.

Die Motivierungen. Ganz unerwartet kommt B. zu Besuch. Er ist wortkarger denn je und sehr ausgefallen angezogen. Er trägt eine ganz verschlissene Sportjacke aus dickem, wärmendem Stoff und mit einem hohen, zugeknöpften Kragen. Außerdem hat er ein völlig ungewaschenes gelbseidenes Tuch um den Hals geschlungen. Auf dem Kopf eine gestrickte Wollmütze, derbe Hosen, die in Lederstiefeln mit komplizierter Schnürung stecken, und eine aktenmappenähnliche Tasche, die er an einem Riemen um den Hals trägt.

Er überrascht mich diesmal dadurch, daß er eine bessere Brille mit dünnen Stahlbügeln aufhat.

Nach einem ganz vertraulichen Gespräch, bei dem wir scherzend auf eine Reihe gemeinsamer Erlebnisse anspielen, frage ich völlig unvermittelt:

»Wie bist du eigentlich hergekommen?«

»Ich bin gegangen.«

»So meine ich das nicht. Wie bist du eigentlich hier zu uns in die Gegend gekommen?«

In Wirklichkeit ist das ein Ritual, das wir bei bestimmten Gelegenheiten wiederholen. Er antwortet:

»Aus dem Süden.«

Wir lachen beide.

»Du bist natürlich zu Fuß gegangen?«

»Nein.«

»Bist du geritten?«

»Nein.«

»Bist du gerudert?«

»Nein.«

»Bist du gesegelt?«

»Ja, aber nicht auf dem Wasser.«

»Also kann man auch von hier wegkommen?«

»Ja, wenn man segelt.«

»Aber nicht auf dem Wasser.«

Wir lachen lauthals.

Der Wind streicht in Wellen durch das hohe Gras.

Ein Tag im Juni. Da B. jetzt seit drei Wochen verschwunden und sein Haus völlig verlassen ist (und da er an der Stelle ein Gerümpel von ausrangierten Gegenständen hinterlassen hat: leere Koffer mit kaputten Schlössern, verrostete Büchsen, die Tee, Zucker oder Schachfiguren enthalten haben – was weiß ich –, Thermosflaschen, deren schepperndes Geräusch verrät, daß der innere Glasbehälter geborsten ist, eine Schachtel mit Senkern, wie sie für Angelschnüre benutzt werden) – und da von seiner Frau oder seinen Kindern keinerlei Spur zu entdecken ist, empfinde ich zugleich Unruhe und Ausgelassenheit.

Ich unternehme lange Wanderungen in der Gegend, unfähig, mich still zu verhalten, ich vergesse meine eigene Arbeit, und wenn ich nach Hause komme, schmerzen meine Beine vor Müdigkeit.

Es ist jetzt sehr warm, windstill.

Ich suche aufs Geratewohl nach der Stelle, wo er sein Werkzeug versteckt haben muß, grabe außerdem einige Löcher um sein Haus herum.

Es besteht kein Zweifel daran, daß er mich überlistet hat.

Ein Gerücht aus dem Süden alarmiert mich. Zwei ältere, sehr scheue Brüder, die ein Gebäude bewohnen, das einer größeren Scheune mit schlecht abgedichteten Türen durchaus nicht unähnlich ist, erzählen auf ihre schwachsinnig lallende und lispelnde Art und Weise und mit zahlreichen Wiederholungen und seltsamen Abschweifungen, die mit der Sache nicht das geringste zu tun haben, sie hätten am Samstag vor vierzehn Tagen gerade einen Entwässerungsgraben gezogen, als sie mitten in der Mittagshitze einen fliegenden Mann hätten kommen sehen, etwa vier- oder fünfhundert Meter überm Waldrand, festgebunden an etwas, das einem Drachen geähnelt habe, bäuchlings zwischen zwei gewaltigen Flügeln liegend, die ausgesehen hätten, als wären sie aus einem geflochtenen Material hergestellt. Der absonderliche Anblick ängstigte sie um so mehr, als das Gefährt sich völlig geräuschlos bewegte und so aussah, als sei es im Steigen begriffen.

Viel konnten sie nicht sehen, da sie sofort alles losließen, was sie in den Händen hatten, und in ihr Haus stürzten. Im selben Atemzuge, wie sie das erzählen, vergessen sie nicht, sich über einen Diebstahl aus einem Kartoffelvorrat in einem Erdkeller zu beklagen. Aufs eigenartigste bringen sie diese beiden Erzählungen durcheinander und scheinen zu glauben, daß der fliegende Mann der Dieb ist.

Zufälligerweise erinnere ich mich, daß ich sie von den gleichen Kartoffeldiebstählen habe erzählen hören, als ich sie vor drei Jahren besuchte.

Es erweist sich als völlig unmöglich, sie davon zu überzeugen, daß der fliegende Mann und der Dieb nicht ein und dieselbe Person sein können. Als ich versuche, sie dazu zu zwingen, beim Thema zu bleiben oder doch bei dem Teil des Themas, der für mich interessant ist, werden sie aus irgendeinem Grunde aufsässig und wollen mich zum Weggehen zwingen.

Es besteht kein Zweifel mehr! Ein ganz kleiner Junge, den ich nach einer langen Wanderung noch weiter südlich treffe, der sich aber klar und ausführlich äußert, erzählt von einem sehr großen, ganz und gar unbeweglichen hölzernen Vogel (das heißt einem Vogel, der nicht mit den Flügeln flatterte), der über dem Platz kreiste, wo der Junge die Körbe seiner Mutter zu bewachen hatte, und die ganze Zeit an Höhe gewann. Nach etwa einer Stunde flog er nach Süden weiter.

Der Junge wunderte sich darüber, daß sich der Vogel nicht wie die Gänse angehört hätte.

Woher kommt das abscheuliche Gefühl von Angst, Lähmung, Unruhe?

Obwohl ich fast jeden Tag die Ruine aufsuche, gelingt es mir nicht mehr, die Arbeit voranzutreiben. Statt dessen verfalle ich einem sinnlosen Untersuchen von Einzelheiten, einem Polieren von bereits hergestellten Teilen, sinnlosen Gedanken über Dinge, die in diesem Stadium noch keinerlei Bedeutung haben können.

Früher hätte ich geschätzt, daß noch ein Winter und ein Sommer nötig wären. Ich bin nicht sicher, ob ich diesen Plan noch einhalten kann.

In einer bestimmten Gefühlslage kann ich die Welt um mich als ein *Gebäude* empfinden und den blauen Sommerhimmel als sein massives, erschreckend undurchdringliches Dach.

Oktober. Der Regen fällt jetzt sehr dicht. Die Felder sind voller Schlamm – man sinkt fast bis an die Knie ein. Meine Halbschuhe, die einzigen Schuhe, die ich habe, sind abends nasse, formlose Klumpen, die bei mäßiger Wärme getrocknet und mit Zeitungspapier vollgestopft werden müssen, wenn sie am nächsten Tag überhaupt verwendbar sein sollen. Dennoch schneidet das harte Leder tief in den Spann ein.

Ein sehr frischer, ein unwirklich frischer Tag, trotz des Nebels! Ich befand mich an einer Stelle in östlicher Richtung, um Holz zu sammeln. Ich ging einen steilen Hang hinan – es war eher ein Bergrücken – und kam auf den Gipfel hinauf. Kurioserweise war es die einzige Stelle auf diesem ganzen Bergrücken, wo einige große Steinhaufen liegen.

Ganz einfach, weil es die einzigen waren, vielleicht die einzigen auf einer großen Fläche, ging ich näher heran.

In einem entlaubten Dickicht fand ich einige Gegenstände, die mein Interesse erregten: Holz und Bast und ein zerschlissenes Seil, alles in einem sehr zerschlagenen und zusammengeknüllten Zustand.

Nicht weit davon entfernt steckten die Mütze und sogar die Brille mit den Stahlbügeln. Von ihm selbst keine Spur! Da es schrecklich regnete und mir sehr kalt wurde, lange ehe ich mit meiner Suche fertig war, ließ ich es dabei bewenden.

Es ist nicht undenkbar, daß er überlebt hat. Das sollte mich freuen, jetzt, wo das Entscheidende bewiesen ist.

Der erste Frost. Heute, am Morgen, als der erste Frost die Felder mit einer feinen Schicht bedeckte und dünnes klirrendes Eis alle noch verbliebenen Wasseransammlungen und Tümpel überzog, suchte ich die Ruine auf und zerstörte gründlich alles, was ich dort angesammelt hatte. Es wurde ein großer Haufen, der lange mit klarer und wärmender Flamme brannte; auch das Werkzeug habe ich weggeworfen.

In der frischen ersten Winterkälte gab ich auf diese Weise meine Flugvorbereitungen auf.

Der Besucher

Wenn man einen ländlichen Weg entlanggeht, spät nachts im Dezember, und es ist Neuschnee gefallen, kann man die Fährten verschiedener Tiere im Schnee sehen, je nachdem, wie sie im Lichtkreis der Laterne auftauchen.

Von starken Schneefällen sind nur noch einzelne Flocken übriggeblieben, die sich langsam zurechtlegen.

Hier biegt der Weg allmählich nach Osten ab, über Äcker und durch Birkenwäldchen. Schwach zeichnen sich die dunklen Kämme der Hügelketten ab. Von den großen weißen Eisflächen her hört man das Geräusch des Windes.

Und da ragt ein verschneiter Pfahl auf. Das ist der Pumpenstock. Im Sommer wird hier das Vieh getränkt.

Auf diese Weise sind fast alle Einzelheiten verschwunden, ausgelöscht von der meterhohen Schneedecke, die aus altem, glashartem Schnee besteht und aus frischgefallenem Schnee, der diesen zudeckt und alle Geräusche dämpft, die Fährten jedoch festhält.

Jetzt erstarren die toten Vögel im Schnee, jetzt versinken die Kadaver der Rehe, gerissen von den scharfen Eckzähnen der Jagdhunde.

In dieser Dunkelheit sind ständig Tiere unterwegs. Lautlos kreuzen sie den Weg.

Alles ist da, was rings um uns her durch die Dunkelheit fliegt und läuft.

Wenn man einen nächtlichen Weg entlanggeht, spät auf

dem Land im Dezember, und es ist Neuschnee gefallen, kann man die Fährten verschiedener Tiere im Schnee sehen, je nachdem, wie sie im Lichtkreis der Laterne auftauchen.

Die eingefrorenen Aalquappen stehen regungslos mit weit geöffneten Augen im Eis.

Ein Engel macht sich dunkel, ganz dunkel, um in den Dunstkreis der Erde einzutauchen.

Er verbirgt sich unter seinem eigenen gleitenden Schatten und verschluckt das gewaltige Dröhnen der Kräfte, die ihm folgen, so daß das Luftmeer still daliegt, als habe er es nie durchquert.

Und er sieht die Spatzen in Scharen aufsteigen wie Fischschwärme des Luftmeers, bis die plötzliche Unruhe sie verläßt und sie wieder auf die weißen Felder zurücksinken. Und die entlaubten Kronen der Bäume laden sich auf mit elektrischer Energie, kommen dann aber zur Ruhe.

Von einem unhörbaren Dröhnen umgeben, sinkt er langsam herab. Er verschluckt sein gewaltiges Gewicht, so daß es unmerkbar wird. Obwohl er sich in einer unerhörten Bewegung befindet, ist er still. Er *steht* in der Bewegung.

Jetzt sinkt er leicht wie eine Schneeflocke herab, jetzt landet er, lautlos wie Schnee.

Die Vögel merken nicht mehr, daß er da ist. Er verbirgt sich in seinem eigenen Schatten wie eine brütende Kraft, und er ist da.

Da sinken in allen Häusern die Thermometer auf einen tieferen Kältegrad.

Die eingefrorenen Aalquappen stehen regungslos mit weit geöffneten Augen im Eis.

Erhellt vom Lichtkreis einer Laterne, die er in der Hand trägt, kommt da ein Mann des Wegs. Noch kann er sich umdrehen und zu seinem Haus zurückblicken, wo noch Licht durchs Fenster scheint und eine Uhr durch die Zimmer tickt.

Zufällig ist er der Unerschrockenste, der Stärkste von

allen, die in dieser Gegend wohnen. Im Zentrum seiner selbst, ganz zuinnerst, hat er einen winzigen Punkt von Kälte, so unscheinbar, daß er für niemanden sichtbar ist, der nicht davon weiß.

Von diesem kleinen Punkt aber, kleiner als die Spitze einer Nadel, den nur er allein kennt, strahlt ein tieferer Winter aus als jener, der ihn umgibt.

Und der Engel weiß nichts davon.

Wer einen nächtlichen Weg entlanggeht, spät abends auf dem Land im Dezember, und es ist Neuschnee gefallen, der kann an den Fährten der Tiere erkennen, je nachdem, wie sie im Lichtkreis der Laterne auftauchen, daß es kein Zurück mehr gibt.

Da klart das Wetter auf, es fällt kein Schnee mehr, und mit ihren uralten Zeichen treten die Sterne am Himmel hervor.

Und der Engel fängt mit seinen feinen Sinnen die geheimnisvolle Sprache von binären Sequenzen auf, die der Mensch in seinem Gehirn mit sich selbst spricht, die er selber jedoch nicht hören kann. Von dieser Sprache ist seine gewöhnliche Sprache ein Widerschein, ein Echo. Und daher glaubt der Mensch, seine Gedanken kämen fertig zu ihm, und nennt sie seine »Einfälle«; sie »gehen ihm auf«. Doch diese zweite Sprache ist nur das Echo seiner ersten Sprache, die er selbst nicht hören und verstehen kann.

Der Schatten selbst kann keinen Schatten werfen. Und der Engel, der alle Wahrscheinlichkeiten abwägen kann, wie wir schwer und leicht in der Hand wägen, versteht, daß diese Zeichenfolge nicht vom Zufall gelenkt wird, sondern von einer Absicht.

Der eine geht den Weg entlang, erhellt vom Lichtkreis seiner Laterne. Der andere brütet in seiner Dunkelheit. Er *steht* in der Bewegung.

Diese Wesen begegnen sich jetzt, und staunend nehmen sie einander in ihrer Besonderheit und Grausamkeit wahr.

Und das geht so zu:

Als der Mann an eine Wegbiegung kommt, wo eine Brücke über ein fast gänzlich zugeschneites Bachbett führt, spürt er, daß ein *Schatten* auf ihn fällt. Und er hält die Laterne hoch, um zu sehen, er leuchtet nach allen Seiten, sieht aber nur die verschneiten Fichten sich schwach gegen den Himmel abzeichnen. Einer der schweren Zweige gerät in Bewegung, und ein dicker Brocken Schnee fällt zu Boden.

Da schraubt er seine Laterne hoch und will weitergehen, spürt aber wiederum, daß ein *Schatten* auf ihn fällt, diesmal noch dichter als vorhin. Da bleibt er stehen, hebt seine Laterne und mustert die Stämme der Bäume am Wegrand, einen nach dem anderen.

Da steht er ratlos und wiederholt laut für sich jedes einzelne von den Worten, die er unterwegs gedacht hat. Und alle diese Worte handeln von Kälte und Eis und von den Fährten der Tiere im Schnee und von den Aalquappen, die regungslos mit weit geöffneten Augen im Eis stehen.

Nachdem er verstummt ist, wird es ganz still. Doch von den Zweigen fällt mehr Schnee.

Da überkommt den Engel ein Grauen, und er läßt den Schatten sich heben. Doch der Mann bleibt stehen, ratlos, mit seiner Laterne in der Hand, und sammelt Silben und Worte. Er wägt sie im Mund.

In diesem Augenblick erkennt der Engel die ungeheuren Mauern, die Engel und Menschen trennen. Und der Engel sieht, daß das sinnreiche Wesen, das vor ihm steht, ein Kunstprodukt ist, ein geschickt programmiertes Geschöpf, gesteuert von einer geheimen Absicht, die ihm selbst nicht bekannt ist, an der es aber gleichwohl teilhat. Und der Engel ahnt, daß der Mann, den er sieht, aus einem größeren Zusammenhang stammt, in dem ihm die Aufgabe zukommt, einen kleinen Teil davon mit sich zu tragen, einen Schlüssel.

Da empfindet der Engel einen furchtbaren Neid, eine furchtbare Liebe, einen furchtbaren Trieb, in den Mann *hineinzusehen.* Und mit einem unhörbaren Dröhnen sammelt er seine entsetzliche Liebe zu einer sehr schmalen, heißen Flamme und richtet sie auf den Mann.

– Gib mir deinen Schlüssel!

Da zählt der Mann wieder laut all die Worte auf, die er unterwegs gedacht hat.

»Die toten Vögel ruhen unter dem Schnee.«

»Trockener weißer Schnee fällt in Brocken von den Bäumen.«

»Alle Pfosten stehen im Eis still.«

»Die eingefrorenen Aalquappen stehen regungslos mit weit geöffneten Augen im Eis.«

»Wenn man im Winter ein Haus verläßt, wird es immer kälter, und schließlich ist nur noch das Ticken der Uhren zu hören. Es hallt in den kalten Häusern wider.«

Und der Mann sucht nach Worten und Silben. Er wägt sie im Mund.

Da versteht der Engel, daß es nicht einen Schlüssel gibt, sondern tausend, und daß da kein Geheimnis zu durchschauen ist. Wortlos betrachten die beiden Wesen einander, und mehr Schnee fällt von den Bäumen.

Da überkommt den Mann eine plötzliche Verzweiflung, Verlorenheit und Angst: die Erinnerung an tausend graue Wintertage zieht vorüber, einer wie der andere. Die Wolken grau und niedrig, eine sehr kleine Welt unter der Wolkenkuppel, die Wagenräder fressen sich immer tiefer in den Schneematsch der Wege, über dem Eis steht das Wasser zwei Zoll hoch.

Und es scheint ihm, sein Leben sei ihm verlorengegangen.

Der Engel, gewaltig, brütet über seinen Geheimnissen. Stetig muß er die enorme Geschwindigkeit steigern, in der er *steht,* um so lange in dieser Welt verweilen zu können, bis er seinen Entschluß über dieses Wesen gefaßt hat. Das ist eine Folge der geheimnisvollen Eigenschaften von Zeit und Raum.

Während er auf diese Weise unablässig seine relativistische Bewegung beschleunigt, treten immerzu neue, hochempfindliche Sinne in Funktion. In seiner unmittelbaren Nähe fühlt er, daß ein winziges Geschöpf unter dem Schnee, mit weichem Fell, aufgestört wurde und sich in seinem Schlaf regt. Es liegt zwei Meter unter der Erde.

Da faßt er seinen Entschluß.

Und er erwartet bebendes Schluchzen, überströmende Verzweiflung, machtlose Trauer, ohnmächtigen Zorn, all das, worin sich die Liebe vorbereitet, und der Tod.

Der Mann aber nimmt seine Zuflucht zu dem kleinen festen Punkt von Kälte, der in seinem tiefsten Inneren steckt. Und mächtig strömt ihm von dem Engel *Tod* entgegen.

Da zeigt es sich, daß all dieser *Tod* vergeudet und ohne Wirkung ist. Denn der kleine feste Punkt im Inneren des Mannes, wo alles Frost und Kälte ist, birgt schon den Tod, und er kann mehr davon aufnehmen, als der Engel zu geben hat.

Er nährt sich vom Tod, und er bleibt eingeschlossen.

Unter der Erde schläft der kleine Zeuge wieder ein. Die Aalquappen stehen regungslos im Eis, mit ihren klugen, weit geöffneten Augen. Und über dem Horizont steigt senkrecht der schmale Streifen blauweißen Lichts auf, der den Fahrtweg des Engels anzeigt, als er den Luftkreis der Erde verläßt.

Und wie ein kleinerer Kreis von Licht ist der Schein der Laterne auf dem fallenden Schnee.

Die Geschichte von Onkel Knutte

Wenn die Verwandtschaft diese Papiere zu sehen bekäme, würde es eine unheimliche Aufregung geben, und falls ich irgendwann einmal wieder zu sterben versuche, werde ich sie natürlich nicht vernichten. Dazu bin ich viel zu hochmütig. Und eine unheimliche Aufregung wird es geben. Darauf pfeife ich. Ich habe schon zuviel erzählt.

Ich werde bald weitererzählen von dem, was im Herbst 1969 geschah, nach jenem großen Herbststurm also, der die Dächer von den Einfamilienhäusern der Angestellten riß, nachdem ich dem kleinen Carlsson meinen Arm um die Schultern gelegt und ihn in meine schulmeisterliche Väterlichkeit, meine väterliche Schulmeisterlichkeit einzuschließen versucht hatte, um ihn seiner genialen Laufbahn zuzuführen.

Ich werde weitererzählen, das verspreche ich!

Aber im Augenblick habe ich keine Lust dazu. Im Augenblick habe ich Lust bekommen, von Onkel Knutte zu erzählen.

Verdammte Wolle, Wolle, die wärmt und schützt, Wolle, die isoliert! Wieder zurück! Und eingesperrt in den Ausgangspunkt!

Da ist es doch nicht so furchtbar erstaunlich, daß ich sterben wollte. Übrigens ist es mit der Hand kaum besser geworden, sie ist blau und geschwollen, und ich lebe von Schmerztabletten. Ich habe es abgelehnt, mich wieder krankschreiben zu lassen, und der Klassensprecher muß nach meinem Diktat an die Tafel schreiben.

Als kleiner Junge, es war in den dreißiger oder vierziger Jahren, habe ich zeitweilig in dieser Gegend hier gewohnt. Vielleicht ist es das, was mich veranlaßt hat, mich um die Stelle in Trummelsberg zu bewerben.

Es war ein paar Dutzend Kilometer weiter südlich, in Ramnäs am See Norra Nadden. Ich war natürlich nie den Winter über dort, für mich ist das Gebiet von Bergslagen in Västmanland zu jener Zeit ein Sommerparadies gewesen – ja, es war wirklich ein Paradies.

Ich erinnere mich daran, daß es dort einen Strand mit schönen runden kleinen Steinen gab, nicht diese gräßlichen glitschigen Brocken, wie sie alle Ufer des Åmänningen säumen, sondern schöne runde kleine Steine, die einem durch die Hände glitten.

Meine Familie war eigentlich ganz lustig, glaube ich. Wenn mein Vater mit dem Stock hinter mir herjagte, pflegte ich immer zum Gartentor hinaus auf die Straße zu rennen und sie ein Stück weit entlangzulaufen.

Wo ist all der weiße Staub hin, den es zu jener Zeit gab? Ich weiß noch, wie er um die Füße stob. Und diese kleinen Jungen vom Hüttenwerk, die heraufkamen, um mit meinem Luftgewehr zu spielen: sie hatten ja ihre Schirmmützen fast bis über die Augen heruntergezogen und waren mit so vielen sonderbaren Sachen beschäftigt, von denen ich überhaupt nichts verstand.

Im Sommer 1943 oder 1944 kommt jedenfalls mein Onkel Knutte zu Besuch.

Das war aufregend. Wir wurden Freunde auf den ersten Blick. Onkel Knutte – er ist übrigens erst in den späten fünfziger Jahren gestorben – war Alkoholiker, und in der Familie wurde ziemlich viel gemunkelt und getuschelt, bevor er kam.

Er war bei einer Wäschereifirma in Stockholm angestellt, und jetzt war also vorgesehen, daß er für drei oder vier Wochen zu uns kommen sollte, weil man der Ansicht war, er müsse für eine Weile wegkommen von der Großstadt mit ihren Kneipen und Katzenragouts und Omnibussen mit Holzvergasern und ihrem Tauschhandel mit den Kontrollheften für Spirituosen.

Ich hatte keine Ahnung, wie Onkel Knutte aussehen mochte oder was er für ein Typ war, und es wurde recht lustig, als wir am Bus standen, um ihn abzuholen. Der Dreiuhrbus aus Västerås bog immer am Bahnhof unten in einem feierlichen Bogen ein, und heraus kamen all die Mütterchen mit großen Markttaschen und die Kleinbauern, die Branntwein und neue Sägeblätter und Spielzeug für die Kinder eingekauft hatten. Es war eine richtig gemütliche Omnibuslinie, wo alle einander kannten und die Fahrer mit der ganzen Gegend auf du und du waren. Mein Vater versuchte immer schwarzzufahren. Entweder tat er so, als hätten wir den Fahrschein schon beim Einsteigen abgegeben, wenn wir ausstiegen, oder aber, wenn wir einstiegen, als wollten wir ihn beim Aussteigen abgeben, und da die Fahrer halb benebelt waren von all dem Holzgas, das sie einatmeten, und im übrigen keinen besonderen Grund dazu hatten, sich als Polizisten zu fühlen, gab es zwar einiges Hin- und Hergerede in den ersten Jahren, in denen wir das Sommerhäuschen hatten, aber dann ging es wirklich ganz hervorragend, und ich glaube kaum, daß wir während des ganzen Zweiten Weltkriegs auch nur einen einzigen Busfahrschein bezahlt haben.

Also: der Bus bog vor dem gelben Bahnhofsgebäude ein, gelb auch er und vor Holzgas zischend, daß der Kies nur so aufspritzte, und heraus strömten alle Samstagspassagiere aus der fernen Stadt, und wir standen da und warteten. Aber kein Onkel Knutte. Wir hatten die Hoffnung fast aufgegeben, als der Fahrer sagte, er habe tatsächlich noch jemanden dabei, aber der sei so leicht nicht von der Stelle zu bringen. Er schlief ziemlich fest ganz hinten im Bus.

Papa und der Fahrer trugen ihn jedenfalls schließlich heraus und seinen schicken großen Reisekoffer aus brauner

Pappe dazu. Er schlief und schnarchte wie ein Flußpferd, an der netten rötlichen Glatze klebten verschwitzte dünne braune Haarsträhnen, und die Backen waren von jener Art, die aussehen wie Säcke. Man kann sie schütteln, wenn man den Kopf schüttelt.

Ich weiß nicht mehr genau, wie wir ihn heim ins Sommerhäuschen bekamen. Gab es damals Taxis in Ramnäs, in der Zeit von 1942–43? Vielleicht gab es welche!

Ich war, glaube ich, der einzige, dem das nicht besonders peinlich war. Es gab einige Kommentare in moralisierender Richtung, als wir mit ihm zu Hause bei Mama ankamen, aber er wurde jedenfalls im Gästezimmer untergebracht.

Schon am nächsten Morgen war er munter wie ein Zeisig, eine strahlende Sonne schien von einem wolkenlosen Himmel herab, und kaum war ich aufgewacht, da sah ich den Onkel schon wie einen Delphin im Nadden schwimmen.

Er war ein magerer, glatzköpfiger Mann mit gütigen braunen Augen und – wie ich schon sagte – schlottrigen Hängebacken.

Er trug eine Menge zur Belebung dieses Sommers bei. Es dauerte eine Weile, bis ich dahinterkam, daß er ein paar Halbliterflaschen in einem geheimen Versteck im Holzschuppen hatte. Da es im Schuppen nicht einen Kubikzentimeter gab, den ich nicht genau kannte, fand ich sie ziemlich rasch. Mein erster Impuls war, zu Mama zu gehen und zu petzen, aber nach einigem Nachdenken versteckte ich sie wieder, diesmal in meinen eigenen Verstecken.

Er, der Onkel, sagte nichts, aber er wirkte etwas unruhig an diesem Nachmittag. Er bekundete ein sonderbares Interesse am Holzhacken, was mein Vater für ein recht gutes Zeichen hielt. Es war offensichtlich, daß ihm die Landluft gar nicht so schlecht bekam.

Damals war es nicht gerade leicht, an Holz zu kommen. Mein Vater und ich pflegten zu abgelegenen bewaldeten Stränden zu rudern und das Strandholz aufzulesen, das irgendein Sturm heraufgeschleudert hatte. Ja, um bei der

Wahrheit zu bleiben, es konnte wohl vorkommen, daß wir ein bißchen weiter landeinwärts gingen, wenn das Strandholz nicht reichte, und ein paar Wipfel und andere Kleinigkeiten mitnahmen, um die sich ohnehin kaum jemand scherte.

Das Hüttenwerk von Ramnäs, das eine selbst für ein Bergbauunternehmen ungewöhnlich brutale feudalistische Beziehung zu seinem riesigen Grundbesitz hat, hatte zumindest damals den Einheimischen eine Heidenangst davor eingejagt, ihre heiligen Kiesgruben, heiligen Holzabfälle und heiligen Gott weiß was noch alles anzurühren. Sogar mein Vater pflegte bei diesen Expeditionen etwas ängstlich zu sein, und er sah sich in der Regel vorsichtig nach erzürnten Förstern um, wenn er in der Dämmerung mit seiner Holzlast heimruderte.

Natürlich mußte Onkel Knutte schon am Nachmittag des nächsten Tages zu einer solchen Expedition antreten. Wir wurden auf die übliche Weise mit Äxten und Sägen und dergleichen ausgerüstet und machten uns auf zu einem ziemlich abgelegenen und waldigen Strand, wo es für gewöhnlich massenhaft Reisig und solches Zeug gab.

Es mußte jemand vor uns dagewesen ein, denn diesmal gab es kaum Grund zum Jubeln. Onkel Knutte zog und zerrte an ein paar Tannenästen herum, bis mein Vater ihn darauf hinwies, daß es tatsächlich kaum der Mühe wert sei, sie ins Boot zu laden.

»So, meinst du«, sagte er.

Es war um sieben oder acht Uhr herum an einem von diesen außergewöhnlich schönen västmanländischen Sommerabenden im Jahre 1942 oder möglicherweise 1943. An solchen Sommerabenden, wenn völlige Windstille herrscht, hört man in dieser Gegend jeden Laut kilometerweit in allen Richtungen. Man hört einen Bootsmotor und ein paar Stimmen, die ihn zu übertönen versuchen, und es dauert eine ganze Weile, bis einem klar wird, daß dieses Boot auf einem anderen See in der gleichen Seenkette unterwegs ist. »Es hallt«, pflegt man auf västmanländisch zu sagen, oder: es ist »hallig« heute abend. Man hört die Kühe an irgendeinem weit entfernten Ufer muhen, ein paar lachende Mädchen gehen in einer anderen Gemeinde den Weg entlang und man hört ihr Lachen so deutlich, als wären sie nur ein paar Meter weit von einem entfernt.

In einer solchen Stille hört man das Geräusch unserer behutsamen Sägen und Äxte; ich selbst war wohl noch so klein, ungefähr zehn Jahre alt, daß ich den andern wahrscheinlich meist im Wege gestanden haben muß.

In dieser Stille ist plötzlich ein ungeheures Krachen zu hören, und wir sehen einen riesigen Kiefernwipfel schwanken und fallen.

Das ist Onkel Knutte, der die Geduld verloren hat.

Wir brauchten ein paar Abende, um die Kiefer vorsichtig nach Hause zu verfrachten. Ihr Holz reichte für drei Sommer.

Wo die Flaschen lagen, bekam er nach und nach zu wissen. Natürlich verlangte ich einige kleine Gegenleistungen in Form von Gummibärchen – zu der Zeit war ich ganz verrückt auf Gummibärchen –, aber das beeinträchtigte unsere Freundschaft überhaupt nicht.

Allmählich gingen die Flaschen natürlich trotzdem zur Neige. Er trank so diskret und brachte es fertig, zwischendurch so viele Pfefferminzplätzchen zu lutschen, daß kein Mensch dahinterkam, daß es nicht die frische Landluft war, die ihn bei Laune hielt, sondern etwas völlig anderes.

Er unternahm kleine Spaziergänge und machte sich mit den Leuten in der Umgebung bekannt. Mein Vater und meine Mutter hatten nach acht Jahren ungefähr drei Bekannte, denen sie auf der Landstraße Guten Tag zu sagen pflegten. Papa und Mama haben sich nämlich nie sonderlich für andere Leute interessiert, am allerwenigsten dann, wenn sie in der gleichen Gegend wohnen wie man selbst. Sie könnten »aufdringlich« werden, pflegt meine Mutter zu sagen.

Onkel Knutte brachte es innerhalb von einer Woche auf etwa vierzig Bekannte. Waldarbeiter, Häusler, bei denen er vorbeischaute, wenn er zum Beerenpflücken im Wald unterwegs war, eine Dame, die mit ihrem Fahrrad eine Panne hatte – eine alte Dame, wohlgemerkt, Onkel Knutte war keine Don-Juan-Natur – ein paar Schulkinder, die Bonbons bekamen, ich meine natürlich die Kinder aus dem benachbarten Ferienlager, und sie alle lud er großzügig zu uns nach Hause ein. Das brachte meine Mutter einigermaßen aus der Fassung; der einzige Mensch, der uns zu besuchen pflegte, war ein alter Maurer, der Ramsberg hieß, nach dem Kirchspiel Ramsberg, in dem er geboren war. Er pflegte mit mir und Papa zusammen die Grundangel auszulegen und dann ganze Nachmittage lang Schafkopf zu spielen.

Ich habe gesagt, daß meine Mutter aus der Fassung geriet. Das heißt möglicherweise, sie als ungeselliger hinzustellen als sie es tatsächlich ist. Es stimmt, daß sie etwas fassungslos war, aber es schmeichelte ihr auch.

Sie war ganz einfach nie auf den Gedanken gekommen, glaube ich, daß eine solche Menge von Leuten Lust haben könnte, bei uns hereinzuschauen.

Kurzum, es herrschte Jubel und Trubel bei uns, seit Onkel Knutte gekommen war. Aber nach ungefähr zehn Tagen veränderte er sich auffallend. Die Flaschen waren zu Ende. Es begann eine von diesen Gewitterperioden mit heftigen Regenfällen, wie sie Anfang Juli in Bergslagen vorkommen können, und das machte ihn noch nervöser. Bei den Mahlzeiten fing er an zu schwitzen – ich weiß das noch genau, weil ich mich daran erinnere, wie er sich mit einem weißen Taschentuch mit blauen Streifen über die Glatze fuhr und mit großen braunen Augen unruhig umhersah. Im Zimmer schwirrte es von Fliegen, unruhigen Gewitterfliegen.

Kurz und gut, es begann deutlich zu werden, daß er sich in einer Krisensituation befand. Er machte lange Spaziergänge im Regen und traf sich mit niemandem mehr. Er spielte Schafkopf mit dem alten Ramsberg, aber lustlos, so lustlos, daß er immerzu verlor. Und der Alte blickte auf und sah ihn über den Rand seiner Nickelbrille hinweg richtig erstaunt an.

Am Abend fragte er mich: »Hör mal, Lars, du weißt nicht zufällig, wo die Fahrradtaschen und die Luftpumpe zu diesem Rad hier sind?«

Und nun ereignet sich eine Geschichte, die die Familie Herdin für lange Zeit in der ganzen Umgebung bekannt machen wird.

In aller Stille, und ohne von irgend jemand dazu ermuntert worden zu sein, hat Onkel Knutte beschlossen, mit dem Rad die sechzig Kilometer zu dem Spirituosenladen in Västerås zu fahren, auf einem Damenrad mit zweifelhaften Reifen und mit einem Kontrollheft, das er sich von einem Bauern in der Umgebung ausgeborgt hat. (Sein eigenes war seit den dreißiger Jahren einbehalten worden.) Die Straße sieht so aus, wie solche Straßen damals eben aussahen: Schotter, mit Öl und Leim gebunden und mit schrecklichen Löchern von den Wolkenbrüchen und tiefen Spurrillen von den Holzfuhren darin. Das kümmert ihn einen Dreck. Ich frage mich, ob er sich überhaupt klar darüber ist, daß er hundertzwanzig Kilometer radeln muß, um noch am selben Tag zurückzusein.

Er steht früh am Morgen auf, von niemandem bemerkt. Er macht sich Kaffee, bevor irgend jemand aufgewacht ist, er trinkt ihn mit Wohlbehagen und sieht den Spatzen zu, die im Gras herumhüpfen, er hat Knickerbocker an und einen blaugestreiften Pullover von meinem Vater.

Er faltet die graublaue Generalstabskarte zusammen und steckt sie in die Tasche, pumpt die Reifen mit der Bakelitpumpe auf, zieht die Naben nach und schleicht sich zum Gartentor hinaus, noch bevor es sieben geschlagen hat.

Es ist ein außergewöhnlich schöner Morgen.

Er sieht sich vorsichtig um, aber niemand scheint ihn bemerkt zu haben. Das ist natürlich eine Erleichterung, dann braucht er nur zu sagen, er sei auf einer langen Radtour an den Seen entlang unterwegs gewesen, wenn er zurückkommt. Aber zugleich gibt es ihm natürlich ein gewisses Gefühl von Verlassenheit, daß niemand auf ihn aufpaßt, daß es ihm freisteht, zu fahren wohin er will.

Er hat natürlich in den letzten Tagen ein paar Leute in der Umgebung um Rat gefragt: Onkel Knutte fragt immer um Rat. Das ist eine schlechte Angewohnheit, davon wird man nicht stärker.

Irgendein Trottel hat ihm eingeredet, er solle die außerordentlich eintönige Straße zwischen Ramnäs und Skultuna benutzen. Es ist eine wirklich schlechte Wegstrecke - ich habe bereits erzählt, wie sie heute, in den siebziger Jahren aussieht, und damals war sie wahrhaftig nicht besser.

Sie führt durch einen riesigen, dichten Wald, der voll ist von bemoosten Findlingen und Sümpfen. Die einzige Abwechslung auf dem ganzen Weg sind diese kleinen Moore, die sich für eine kurze Weile auftun, wo vereinzelt ein schläfriger Elch steht und an der Heidemyrte knabbert und entweder davonläuft oder zum Angriff übergeht, wenn ein einsamer Radfahrer die Straße entlangkommt.

Der Rest ist Wald, riesiger Wald, verdammt düsterer Wald. Und all diese Moore gleichen sich aufs Haar. Das macht die Sache auch nicht erfreulicher.

Die Vögel zwitschern, die Hochsommerflora leuchtet am Wegrand, Johanniskraut, Glockenblumen, Schellenblumen, Ackerkamille und natürlich Windröschen und das Feuerkraut an allen trockenen Halden. Es färbt alle Kahlschläge rot.

Es ist noch ziemlich kühl. Er fegt los wie ein Rennfahrer, die Hänge nach Kyrkbyn hinunter. Hier kommt Onkel Knutte. Ihm fällt ein, daß er nie Buchhalter bei der Wäschereigesellschaft hätte werden sollen, statt dessen wäre er natürlich besser Rennfahrer geworden, ein neuer Svängis Johansson. Er hat eine karierte Sportmütze auf dem Kopf, die jungen Bengel, die immer am Kiosk der Tankstelle von Kyrkbyn herumstehen, wo es kein Benzin mehr gibt, weil es in den vierziger Jahren ist, betrachten ihn mit einer Mischung von Neid und Verachtung. Er winkt ihnen stolz zu.

Verdammt, wie sie glotzen! Sie haben natürlich noch nie einen Stockholmer gesehen! Und vor allem keinen, der noch dazu Sportler ist und sich trimmt.

Auf der Fahrt bergabwärts bewältigt er ein paar Kiesbukkel, die einen bedeutend jüngeren Mann hätten auf die Probe stellen können, Gott sei Dank herrscht nur wenig Verkehr, dann und wann ein Kieslaster mit qualmendem Holzvergaser. Auf der Höhe der Kiesgruben, die das Hüttenwerk von Ramnäs nach Süden zu begrenzen, quetscht sich ein Generator-Taxi mit einem Pfarrer auf dem Rücksitz an ihm vorbei, zu dieser Zeit tragen die Pfarrer noch dunkle, breitrandige Hüte.

An einem Telegraphenmast klebt ein etwas mitgenommenes Exemplar des bekannten Plakats *EIN SCHWEDISCHER TIGER**, und mitten in der gleißenden, drückenden Vormittagshitze gelangt Onkel Knutte auf den langen, gewundenen Waldweg zwischen den Hüttenwerken von Ramnäs und Skultuna.

Aber schon tauchen dunkle Wolken am südlichen Horizont auf.

Ihm fällt ein, daß er keinen Regenmantel dabei hat, und daß er vielleicht doch einen hätte mitnehmen sollen. Ihm fällt ein, daß er noch einen ziemlich langen Weg vor sich hat. Ihm fällt ein, daß er allein ist, und daß es eigentlich viel lustiger wäre, wenn er jemanden zur Gesellschaft dabeigehabt hätte. Es ist ja ungeheuer langweilig, ganz allein so lange zu radeln.

Er tritt weiter in die Pedale, aber jetzt schon etwas verbissener, und es ist nicht zu leugnen, daß er sogar ein klein wenig Muskelkater hat.

Ringsumher liegen schweigend die Moore, es wird dunkel von gewaltigen Wolkenbänken, die sich von Süden heranwälzen, jetzt klatschen sogar vereinzelt große nasse Regenspritzer auf die Mücken an Onkel Knuttes rötlichem Nacken.

Wird er es wirklich schaffen, noch vor dem großen Gewitter in Västerås zu sein? Man müßte schon verdammt optimistisch sein, um sich das einzureden.

* Wortspiel, bedeutet zugleich:
»Ein Schwede schweigt« (Anm. d. Übers.)

Auf jeden Fall tritt er weiter hartnäckig in die Pedale, und es kommt ihm so vor, als führe er im Kreis herum: die gleiche verflucht melancholische Lichtung, die gleiche bedrohliche flechtenbehangene Birke kehren mit einer geradezu teuflischen Eintönigkeit nach jeder zweiten Kurve wieder.

Kleine aggressive Windböen kommen auf, sie fegen ihn fast vom Weg.

Er hat tatsächlich schon seit Jahren kein richtiges Gewitter, kein Gewitter im Freien mehr erlebt; nur solche, vor denen man sich in Sicherheit bringen kann, indem man in den erstbesten Hauseingang in der Stockholmer Südstadt tritt. Onkel Knutte wohnt nämlich in der Südstadt.

Nachdem es eine Weile vorbereitend gegrollt, getröpfelt und geweht hat, kommt die richtige Gewitterbö.

Mit den Gewittern der vierziger Jahre im nördlichen Västmanland war nicht zu spassen. Einige davon werden noch heute als Beispiele für extreme Fälle in metereologischen Abhandlungen angeführt, wie etwa das große Gewitter am 14. Juli 1941, das das Zentrum von Fagersta fast völlig überschwemmte, das Gewitter im August 1944, das auf einen Schlag vier Scheunen in Brand setzte und in dessen Verlauf eine Windhose das alte Röhrenwerk von Virsbo völlig zerstörte. Ganz zu schweigen von dem berühmten Gewitter im Jahre 1953, das seinen Kern in einem sehr begrenzten Gebiet um Brattheden und das Seglingsberger Hüttenwerk herum hatte und mit einem Hagelschauer endete, bei dem einige Hagelkörner 600 Gramm wogen, wie sich herausstellte. Von den Windhosen wollen wir gar nicht erst reden. 1934 wurden drei Rentner beim Fischen mit ihrem Kahn und allem Drum und Dran in eine Höhe von 200 Metern emporgehoben, und das Seltsame daran ist, daß sie in dem Kahn mit dem Kiel voraus und sogar fast ohne einen Knoten in der Angelschnur auf einem See abgesetzt wurden, der ein paar Kilometer weit von dem entfernt war, auf dem sie ihre Angeltour begonnen hatten. Über die Windhose, die in der Mitte der sechziger Jahre den Kolonialwarenladen in Ängelsberg um einen halben Meter verfehlte und statt dessen ein Gemeindehaus entfernte, das ohnehin abgerissen werden sollte, kann man in der Vestmanlands Läns Zeitung nachlesen, deren verschlafene alte Reporter wieder jung werden und sich mit Jagdfieber im Blick ins Taxi werfen, sobald Meldungen über ein wirklich verheerendes Gewitter eintreffen.

Dies war keins von den ganz großen Gewittern, es ist nicht in die Geschichte eingegangen. Aber es war auch kein so ganz kleines.

Onkel Knutte bemerkt plötzlich, daß sich die großen hohen Föhren, die sich ungefähr siebenhundert Meter weiter südlich in seiner Fahrtrichtung auf einem Bergrücken gegen den dunklen Himmel abzeichnen, fast so wie Ähren im Wind biegen.

Und einen kurzen, panikerfüllten Augenblick lang spürt er, daß der Luftdruck so niedrig ist, daß er tatsächlich ernsthafte Schwierigkeiten beim Atmen hat.

Dann kommt die Gewitterbö.

Er beschreibt sie mir später als »eine einzige verfluchte Wand aus Wasser«, die ihm quer über die Straße entgegenkam.

Er fährt natürlich schnell von der Straße herunter, gelangt auf einen kleinen Forstweg, der kaum mehr ist als ein Pfad, mit einem hohen Wall in der Mitte, auf dem alle möglichen Gräser und Kräuter wachsen, und noch während er darauf entlangholpert, verwandeln sich die beiden Furchen jeweils in schäumende Bäche.

Er sucht, so gut es geht, Schutz vor dem tosenden Regen unter einer mächtigen Tanne, deren unterste Äste sich meterweit um den Stamm herum ausbreiten.

Es zeigt sich, daß es dort drinnen ganz trocken ist, er sitzt wie in einer kleinen Höhe, abgeschirmt und geschützt vor der bösen Welt.

Die Blitze zucken, der Regen strömt draußen herunter, die Wolken sind so dicht, daß es aussieht, als wäre es Dämmerung und Abend mitten am Tag.

Nein. Etwas Derartiges hat er wirklich noch nie erlebt.

Und es kommt der Augenblick, da er sich fragt, ob er nicht eigentlich sein Leben mißverstanden habe. Was wäre, wenn es eigentlich zu etwas ganz anderem bestimmt war? Und wenn es so wäre, ist es dann nicht schon zu spät, um es noch zu ändern?

Warum ist es eigentlich nötig, daß er ist, der er ist, und nicht jemand ganz anders? Warum muß ausgerechnet er ein trunksüchtiger Buchhalter bei einer Wäschereifirma in der Stockholmer Südstadt sein?

Und einen Augenblick lang, umgeben von Regen, Sturm und Blitzen, ist er nüchterner als je zuvor.

Es kommt ihm so vor, als habe er etwas Wichtiges vergessen, etwas von der Art, das einen ausrufen läßt:

»Herrgott nochmal, was bin ich dumm! Warum habe ich daran nicht gedacht?«

Aber er kommt nicht darauf, und schon bald läßt der Regen etwas nach. Er ist natürlich völlig durchnäßt, er beginnt mit den vier verschiedenen Ameisenkolonien unter der Tanne Bekanntschaft zu schließen, die ebenfalls herausgefunden haben, daß dies ein ungewöhnlich trockener und günstiger Platz ist; es wird Zeit, daß er weiterkommt und wenigstens wieder warm wird, damit er sich keine Lungenentzündung holt.

Endlich! Jetzt tropft es nur noch vereinzelt von den Bäumen.

Er schleppt sein Fahrrad zur Landstraße hinauf, schwingt sich auf den durchnäßten Sattel und tritt in die Pedale, bis er nicht mehr vor Kälte zittert.

Das gleiche dämliche kleine Moor mit seiner vereinzelten Birke zieht alle zehn Minuten mit abscheulicher Eintönigkeit vorbei, der gleiche Hang mit scheußlich bröckeligen Kiesrändern, die sich jetzt nach dem Wolkenbruch noch dazu in komplizierte Serpentinenmuster gelegt haben – es ist wirklich die eintönigste Straße in ganz Västmanland.

Nun, er radelt tapfer drauflos, obwohl ihn seine Waden

und Leisten jetzt wirklich spüren lassen, daß er nicht mehr im Radfahralter ist. Der Donner ist jetzt nur noch als fernes Grollen zu hören, es beginnt sich aufzuhellen, es ist schon wieder recht warm, und von Onkel Knuttes Kleidern dampft es richtig.

Bunte Schmetterlinge flattern über die großen Kahlschläge.

Jetzt müßte er bald in Skultuna sein. Und tatsächlich, der Wald tut sich auf, der Wald ist wirklich zu Ende, ein Bahnübergang, ein paar Häuser tauchen auf, dann eine Kirche. Haben alle Kirchen in Västmanland Zwiebeltürme?

Noch einen Hügel hinauf und dann an einem Bahnhof vorbei, wie eigentümlich sich die Bahnhöfe in Västmanland gleichen!

Und dann wieder bergauf und über eine Brücke, und da tut sich ein hübscher See auf, aber aus irgendeinem Grund sträubt er sich, er ist gar nicht so sicher, ob er diesen See sehen möchte.

Und dann, das Ende; ich stehe, ein noch recht kleiner Knirps, in kurzen Hosen und Baumwollhemd am Zaun und spähe auf die Straße hinaus, das pflegte ich damals ziemlich häufig zu tun, und ich sehe ihn schnaufend den letzten Berg heraufkommen, mit einem unsicheren, unbestimmten Ausdruck im Gesicht, und ich freue mich natürlich und rufe:

»Onkel Knutte, du bist schon wieder da! Das ist ein Weltrekord!«

Und es müßte schon einiges passieren, um mich jemals seinen Gesichtsausdruck vergessen zu lassen, als er mich entdeckt, und wie er durch das geöffnete Tor hereinfährt und das Fahrrad mit einem verzweifelten Wutschrei hinschmeißt und sich düster grübelnd ins Gras setzt.

Onkel Knutte, versteht ihr, das bin in gewisser Weise ich selbst, Lars Herdin.

So einfach ist das also.

Die Geschichte von Onkel Stig

Die Tüchtigkeit natürlich. Das Hindernis war meine Tüchtigkeit. Man kann ja so nicht leben, wenn man zu gleich tüchtig sein und wegen seiner Tüchtigkeit bewundert werden will.

In unserer Familie ist die Tüchtigkeit eine wahre Pest. Wir treiben sie immer ein bißchen *zu* weit. Wir entdecken früh, daß wir tüchtig sind, die Leute machen uns höflich ein Plätzchen in der ökologischen Nische frei und finden sich damit ab, daß wir so sind, und dann müssen wir natürlich gleich ganz besonders tüchtig sein, und es dauert nicht lange, bis wir völlig fanatisch sind in unserer Tüchtigkeit.

(Neulich habe ich nachgerechnet und herausgefunden, daß ich in einem guten Jahrzehnt mehr als zwanzig Bücher geschrieben habe, ohne zu bedenken, was für einen *schrecklich* schlechten Eindruck das in einer feinen, schreibgehemmten, empfindlichen Nation wie Schweden macht, wo Dichtung und Geistigkeit stets »dem Schweigen nah verwandt« waren.)

Das ist nicht gut. Tüchtig soll man schon sein, aber mit Maßen.

In unserer Familie entwickelt sich die Tüchtigkeit immer auf die gleiche Weise zur Katastrophe hin.

Ich bin sicher, daß ich der neunte oder zehnte Fall sein werde.

Onkel Stig ist ein gutes Beispiel.

Wenn ich mich recht erinnere, fing er als Berufssoldat bei der Gardekavallerie an, aber das ist schon so lange her, daß niemand mehr eine genaue Vorstellung davon hat, was er da trieb. Soviel steht jedenfalls fest, daß er nicht zum Oberstleutnant befördert wurde, und ich bin überzeugt davon, daß ihn das im Grunde genommen ungeheuer wurmte. Nach diesem Schnitzer der Gardekavallerie konnte er sie nicht mehr leiden, und danach war er tatsächlich ein paar Jahrzehnte lang Kommunist, damals, als es nicht gerade opportun war, Kommunist zu sein. Ich erinnere mich, daß er etwa zur Zeit des kommunistischen Umsturzes in Prag Stalins Werke subskribiert hat, und er subskribierte sie nicht nur, er las sie auch und schätzte sie.

Ich erinnere mich an einen wirklich unterhaltsamen Spaziergang auf dem Land im Jahre 1947 im nördlichen Västmanland, bei dem wir ein Glühwürmchen sahen – es war das erstemal in meinem Leben, daß ich ein Glühwürmchen sah, einen kleinen grünen Punkt, der sich am Straßenrand bewegte und den wir behutsam ins Gras setzten, damit er nicht überfahren würde – und er versuchte mich davon zu überzeugen, daß Stalins philosophische Schriften der höchste Ausdruck des jahrtausendelangen Strebens der Menschheit seien, während ich ihn davon zu überzeugen suchte, daß er sich irrte, tatsächlich sei der höchste Ausdruck des jahrtausendelangen Strebens der Menschheit keineswegs Stalins Denken, sondern vielmehr Gustav Mahlers Siebte Symphonie.

Im Jahre 1947 durchlebte ich eine meiner großen Dekadenzperioden und liebte alles, was schön, todgeweiht und weltabgewandt war.

Auf der Basis einer so grundsätzlichen Meinungsverschiedenheit muß man ja einfach Freundschaft schließen.

Ich tat mein Bestes, um ihn davon zu überzeugen, daß es keinen tiefen Widerspruch zwischen Stalinismus und Todessehnsucht gebe (ich argwöhne, daß ich damit ganz recht hatte), und er tat sein Bestes, um mich davon zu überzeugen, daß es keinen Widerspruch zwischen den stalinistischen Prinzipien in der Musikkultur und den Symphonien Gustav Mahlers gebe (es war gerade zu der Zeit, als Stalins Antisemitismus ernstlich zum Durchbruch kam, aber es mag ja sein, daß er trotzdem recht hatte), und ich kann mich noch genau erinnern, daß dieser Spaziergang uns beide überraschte. Keiner von uns hatte sich richtig klargemacht, daß es so viele sonderbare Ansichten auf der Welt gab, und keiner von uns verfügte über wirklich brauchbare Methoden, die Ansichten anderer zu zerpflücken. Deshalb verkündeten wir, daß sie durchaus miteinander zu vereinbaren seien, und suchten weiter nach Glühwürmchen.

Viel früher, gleich nach der Gardekavallerie, begann Onkel Stig sein eigentliches Talent zu entfalten.

Er war Erfinder. Er wohnte zur Miete und hatte seine Werkstatt meist in der Küche, was zu einigen Problemen mit den Nachbarn führte, da er in einer sehr hellhörigen Einzimmerwohnung lebte, aber das war ihm schnurzegal.

Aus dieser Wohnung ergossen sich seine Erfindungen einige Jahrzehnte lang über die Welt.

Er war ein regelrechter Stammkunde beim Patentamt, seine Prozesse gegen verschiedene Lizenznehmer hielten mehrere Abteilungen des Stockholmer Amtsgerichts ständig in Trab, denn wie immer er seine Lizenzverträge abfaßte – stets wurde ihm die ganze Erfindung abgeluchst, wenn es Ernst wurde.

Nehmen wir zum Beispiel die Zeit, als er sich für Wasserhähne interessierte!

Er erfand verschiedene raffinierte Drehverschlüsse, wie sie gebraucht werden, wenn man den Schlauch der Waschmaschine an den Wasserhahn in der Küche anschließt, oder den Gartenschlauch an den Gartenhahn.

Es gibt etwa zwanzig solcher Drehverschlüsse auf dem Markt, und mindestens fünfzehn davon lassen sich auf Onkel Stigs Küchenwerkstatt in der Stockholmer Südstadt zurückführen. Wie er es auch anstellen mochte – stets klaute ihm jemand in letzter Sekunde das ganze Patent, und obendrein wurde er meist noch dazu verurteilt, die gesamten Prozeßkosten zu tragen. Kein Wunder, daß Onkel Stig Stalinist war! Bei mir hätte es weniger gebraucht, um Wagnerianer zu werden!

Stets fing es damit an, daß ein paar elegante Herren in amerikanischen Luxuswagen in seine Straße in der Südstadt einbogen, sich im Treppenhaus zwischen Kinderwagen, kleinen Rotznasen und dem Geruch von Kohlsuppe ihren Weg suchten und an seiner Tür klingelten. Allerhand Lärm war zu hören, wenn Onkel Stig Gegenstände wegräumte, die die Tür versperrten, er hatte immer ziemlich viel im Flur herumstehen, die Sachen türmten sich da; dann betraten sie seine Küche und ließen sich auf dem Küchensofa nieder, während der Onkel ganz sachlich und mit infernalischem Getöse an der Spüle an einem komplizierten Werkstück weiterfeilte.

Ungefähr nach einer halben Stunde tat er dann gewöhnlich so, als habe er sie eben erst bemerkt, und fragte sie nach ihren Wünschen, und da stellte sich stets heraus, daß seine Erfindertätigkeit ihre Aufmerksamkeit erregt hatte und daß sie ein Syndikat gründen wollten, um seine Erfindungen endgültig auf den Markt zu bringen.

Da Onkel Stig Geschäfte im allgemeinen und die kapitalistischen im besonderen verabscheute, pflegte er jedesmal darauf hereinzufallen.

Gewöhnlich bekam er ein paar Tausender als Vorschuß, und mit Aktentaschen voll von revolutionierenden Drehverschlüssen und Hähnen zogen die Herren in die Welt hinaus. Es dauerte meist etwa ein Jahr, bis er entdeckte, daß es von seinen Drehverschlüssen nur so wimmelte, unter irgendeinem fremden Patent, das den Patentinhabern Millionengewinne einbrachte. Er selbst fuhr fort, sich durch den Anti-Dühring zu buchstabieren und neue Bereiche zu finden, in denen der Weltgeist sich manifestierte.

Kinderwagen, die auf Treppen fahren konnten, Patentschloßkonstruktionen, Dosenöffner, an denen man sich nicht verletzen konnte – weiß der Himmel, was er nicht alles aus dem Dunkel der Nichtigkeit hervorholte und zu verblüffenden Realitäten machte.

Damals, kurz nach dem Krieg, gab es nicht besonders viele Autos auf den Straßen, überhaupt nicht besonders viele Kraftfahrzeuge. Der Import war noch nicht richtig in Gang gekommen. Und noch immer war das Land voller Radfahrer, die jeden Nachmittag um fünf herum die Straßen vor den Fabrikgeländen füllten.

Onkel Stig hatte schon lange sein Augenmerk auf das Fahrrad gerichtet.

»Denk daran, mein Lieber«, pflegte er zu mir zu sagen, »dein Onkel wird in die Geschichte eingehen als der Mann, der das Fahrrad zur Vollkommenheit gebracht hat.«

Seine Theorie war ganz schlüssig. »Früher oder später«, so argumentierte er, »kommt der Zeitpunkt, wo die fossilen Brennstoffe der Erde erschöpft sind. Dann wird sich zeigen, welche Erfindungen vorübergehende Modelaunen waren und welchen die Zukunft gehört. Das Auto ist typisch für das, was verschwinden wird. Ebenso das Flugzeug. Die Schubkarre ist das typische Beispiel einer echten Erfindung, einer Erfindung, die beliebig lange verwendet werden kann. Ursprünglich von einem chinesischen General erfunden, damit die Soldaten ihr Gepäck bei langen Märschen leichter transportieren konnten, hat sie sich als eine der vortrefflichsten und dauerhaftesten Erfindungen aller Zeiten erwiesen: ein einfacher Hebel, dessen Drehpunkt sich ständig vorwärts bewegt und dadurch den Träger oder den Hebenden entlastet.

Ein weiteres Beispiel für eine Erfindung, die die Zeiten überdauern wird, ist der Heißluftballon. Eine Flugmaschine, die eigentlich nichts auf der Welt am Fliegen hindern kann, solange man die Kunst beherrscht, ein Stück Seide zu weben und es zu firnissen.

Ein drittes Beispiel für eine wirklich große Erfindung ist das Fahrrad. Unsere Autos, Busse und Lastwagen sind eigentlich nichts anderes als verkappte Fahrräder, dem zeitweiligen Vorrat an fossilen Brennstoffen angepaßt; sie werden ungefähr genauso schnell verschwinden, wie sie aufgekommen sind.

Aber das Fahrrad wird bleiben, es wird noch Jahrtausende überdauern.

Deshalb wird es Zeit, daß wir etwas daran tun«, sagte Onkel Stig.

Das Fahrrad war das Gebiet, auf dem er seine Tüchtigkeit steigern wollte.

Jahrelang dachte er über das Fahrrad nach.

Mit uns sprach er kaum über die Sache, erst gegen 1947, als seine Theorien zum Teil zu reifen begannen.

»Es ist absolut lächerlich«, sagte er »noch niemand ist darauf gekommen, daß ein Fahrrad es natürlich sehr wohl mit der Geschwindigkeit eines Autos aufnehmen könnte. Das ist nur eine Frage der Kräfteverteilung.«

An Onkel Stigs Fahrrad sollte es keinerlei hinderlichen Luftwiderstand geben. Deshalb placierte er den Radfahrer in liegender Haltung auf einem komplizierten System von Ellbogen- und Schenkelstützen, das Gesicht hinter einer kleinen Windschutzscheibe. Das bedeutete, daß der Radfahrer beim Auf- und Absteigen ein bißchen auf die Hilfe seiner Freunde angewiesen war, und daß es vielleicht nicht ganz leicht sein würde, bei Rot anzuhalten, aber du lieber Himmel, damals gab es noch kaum Ampeln außer an der Kreuzung von Kungsgatan und Sveavägen, also spielte das keine größere Rolle.

Die Pedale mußten natürlich an einen entsprechend hochgelegenen Punkt verlegt werden, ungefähr dorthin, wo bei einem normalen Rad der Gepäckträger ist.

»Das ist so ein typischer Schwachsinn«, sagte Onkel Stig, »daß die Kraft der Beine bei einem normalen Fahrrad nur auf einem Drittel des Tretwegs genutzt wird. Die Kraft muß natürlich gleichmäßig auf die gesamte Umdrehung verteilt werden.«

Also streckte er die Füße des Radfahrers in zwei kräftige Lederriemen und montierte zwei vordere Zahnkränze, einen für jeden Fuß. Er gab ihnen eine elliptische Form, aus Gründen, die so kompliziert sind, daß ich sie hier nicht erläutern kann, und stellte die Ellipsen rechtwinklig zueinander.

Ein solches Fahrrad anzutreten, ist etwas schwierig. Deshalb versah er es mit einer Gangschaltung, die nicht weniger als fünfzehn verschiedene Gänge hatte. Das größte Zahnrad war so groß wie ein Dessertteller, und das kleinste so klein wie ein Zwei-Öre-Stück.

Die Lenkstange sah recht imponierend aus mit all ihren Griffen und dem ganzen Klimbim, als er es uns an einem Sonntag im März 1949 in seiner Küche zeigte. Vor der Nase hatte der Pilot, oder wie man ihn nun nennen soll, der Radfahrer, Testfahrer, einen ziemlich großen, stabilen Tachometer.

Was uns auffiel, als er uns den Prototyp zeigte, war die Skala des Tachos, die bis zu 150 Stundenkilometern reichte.

»Ist das nicht ein bißchen viel«, fragten wir.

»Die Frage ist, ob es reicht«, sagte Onkel Stig. »Niemand kann voraussagen, wie schnell dieses Fahrrad sein wird. Bei sehr hohen Geschwindigkeiten treten neue aerodynamische Gesetze in Kraft. Niemand weiß, wie sie sich auswirken. Ihr müßt bedenken, daß bisher kein Mensch sich aus eigener Kraft mit einer solchen Geschwindigkeit bewegt hat.«

»Doch«, sagte ich.

»Wer denn«, fragte Onkel Stig erbost.

»Die Leute, die sich vom Katarina-Aufzug stürzen.«

»Hm«.

Die Felgen waren sehr schmal, es war ein umgebautes Rennrad, ohne Schutzbleche und mit diesen schmalen Reifen, die man blitzschnell wechseln kann. Die Lenker waren, abgesehen von den Ellbogenstützen, gewöhnliche, nach unten gebogene Rennlenker. Es mag wohl an die dreißig Kilo gewogen haben, fünf davon allein die Gangschaltung mit all ihren Antriebsketten, Zahnkränzen und was noch so dazugehörte. Ich überlegte angestrengt, ob ich ihn um eine Probefahrt bitten sollte, aber mir wurde klar, daß er das niemals erlaubt hätte, und außerdem befanden wir uns ja in seiner Küche.

Am ersten Sonntag im April 1949 fand die Probefahrt statt, auf der Landstraße nach Södertälje, die damals noch nicht besonders stark befahren war.

Ich bin selbst nicht dabeigewesen, aber ich habe viel davon gehört. Er hatte Briefe an die Presse geschickt und *Ny Dag, Morgon-Tidningen* und *AT* eingeladen, aber ich weiß nicht, ob überhaupt irgendein Journalist gekommen ist. Jedenfalls habe ich in keiner der Zeitungen je eine Meldung gefunden.

Es war ein recht naßkalter Aprilmorgen, wie Aprilmorgen in diesen Breitengraden häufig sind.

Zum Startplatz – ich weiß nicht genau, wo er lag – wurde der Prototyp mit einem Taxi gebracht. Wie sich zeigte, trug er einen rotem Wimpel mit Hammer und Sichel an einer kleinen Fahnenstange am Lenker, und vielleicht war es das, was ihn bei einem Teil der Zeitungen unbeliebt machte.

Ein paar Freunde hatten sich versammelt, Parteigenossen, alte Kumpel, einige Verwandte und ein Mädchen, das Onkel Stig kannte. Die meisten Kumpel gehörten zum Fahrradclub Sofia, wo Onkel Stig immer eine Menge Freunde gehabt hatte.

Onkel Stig, zu Ehren des Tages in Turnschuhen, Turnhosen, dem Trikot des Fahrradclubs Sofia, mit Lederkappe und einer dicken Motorradbrille, überwachte das Ausladen des Fahrrads und bezahlte das Taxi. Der Fahrer war etwas sauer, weil er so wenig Trinkgeld bekam, knapp fünf Prozent.

Er richtete eine kurze Ansprache an die Versammelten:

Genossen!

Ihr wohnt einem historischen Ereignis bei, dem ersten Versuch, auf einem freien Fahrrad 120 Stundenkilometer zu erreichen. Ich weiß, daß mein Fahrrad noch höhere Geschwindigkeiten erzielen könnte, ich weiß aber nicht, bis zu welcher Geschwindigkeit die Felgen durchhalten. Deshalb werde ich diesmal meinen Versuch auf 120 Stundenkilometer beschränken. Wenn er mir glückt, bedeutet das einen Fortschritt für die Menschheit, für den Sozialismus, für den Weltfrieden, denn meine Erfindung soll dem Frieden dienen. Wenn der Versuch scheitert, werden andere die Fackel aufnehmen, die ich verloren habe.

Mein Prototyp, den ihr hier seht, das Ergebnis jahrelanger harter Arbeit unter widrigen äußeren Umständen, bedeutet einen Schritt in die Zukunft hinein, in eine Zukunft, in welcher der Kampf um die versiegenden Treibstoffvorräte der Erde den Weltfrieden gefährden wird. Meine Erfindung wird dazu beitragen, diesen Frieden zu sichern. Sie wäre nie zustande gekommen, hätten mich nicht meine alten Kameraden vom Fahrradclub Sofia dazu inspiriert.

Deshalb heißt mein Versuchsfahrrad *Josef Sofia.*

Nun muß ich zwei Mann bitten, mir beim Anfahren zu helfen. Vorwärts! Für den Weltfrieden!

Ein etwas trockener Freiluftapplaus folgte diesen Worten.

Manch einer stellte beiläufig fest, daß Onkel Stig wohl immer schon ein bißchen gesponnen habe. Einige jüngere Mitglieder der vertretenen Vereine machten sich ein wenig über die Maschine lustig.

In der Zuschauerrunde kam hier und da etwas undiszipliniertes Gelächter und Gerede auf, das jedoch zum Schweigen gebracht wurde. Der Zwanzigste Parteitag war noch in weiter Ferne.

Eiskalter Regen brachte heftige Windstöße mit, es war wirklich ein scheußlich kalter Morgen, und alle fanden, man könne ebensogut anfangen.

Einige Zeitnehmer aus dem Fahrradclub Sofia verschwanden auf ihren Rädern die Straße hinunter, sie sollten, wenn sie den in die Luft gefeuerten Startschuß gehört hätten, ihre Stoppuhren in Gang setzen, um die Geschwindigkeit nach 1000, 2000 und 3000 Metern zu messen und den Rekordversuch zu Protokoll zu bringen.

Onkel Stig zupfte sich die Strümpfe zurecht, zwei der Kameraden vom Sofiaclub hoben ihn hoch und legten ihn auf das komplizierte System von Arm-, Schenkel- und Bauchstützen, das den Sattel bildete. Es sah fast so aus, wie wenn man einen Innenbordmotor in ein Boot hebt. Der Bauchgurt wurde angeschnallt, die Füße an den Pedalen befestigt.

»Was machst du, wenn du absteigen willst?« fragte jemand.

»Ich bremse natürlich ab, schnalle die Gurte los«, sagte Onkel Stig, und das war ja eine so selbstverständliche Antwort, daß alle wirklich einsehen mußten, es sei recht blöd von ihnen gewesen, nicht von selbst auf etwas so Einfaches zu kommen.

Trotzdem war es irgendwie unheimlich. Wie er da lag, an Bauch und Füßen an seine schimmernde Konstruktion festgeschnallt, sah er aus wie ein Gefangener des Fortschritts, auf Leben und Tod an seine blinkende Maschine gefesselt.

»Die Produktion ist für den Menschen da, und nicht der Mensch für die Produktion«, sagte ein altes Original, ein bärtiger Pazifist mit Nickelbrille in den hinteren Zuschauerreihen. Aber er wurde zum Schweigen gebracht.

»Das geht bestimmt nicht gut«, sagte ein Mädchen zu einem der Kameraden vom Fahrradclub Sofia. Sie war kein Clubmitglied, hatte aber die Aufgabe, sich um den Kaffee in den Thermosflaschen zu kümmern.

Aber sie schoben ihn an. Es schien nicht ganz leicht zu sein, auf einem solchen Monstrum von Fahrrad das Gleichgewicht zu halten, besonders am Anfang, bevor es beschleunigt hatte; Onkel Stig wackelte praktisch von einer Straßenseite zur anderen, aber dann bekam sein schrecklich schwer anzutretendes Fahrrad soviel Schwung, daß er den nächsten Gang einlegen konnte, und plötzlich ging es los, und die Tachonadel kroch langsam, langsam vor seiner Nase hoch, fünf, sechs, sieben, acht Stundenkilometer.

Wegen der gigantischen Übersetzung zog es zuerst viel langsamer an als ein normales Fahrrad, und Onkel Stig schwitzte schon, obwohl es so windig und kalt war.

Er entdeckte, daß es tatsächlich einen großen Unterschied macht, wenn der Fuß bei der ganzen Umdrehung treten muß.

Jetzt war er auf der geraden Strecke, und nun ging es schneller und schneller, die Kette hüpfte munter von einem Zahnkranz der Gangschaltung zum anderen.

Der Wind begann ihn zu umbrausen,

der Wind.

In einer Minute von zehn Stundenkilometern auf sechzig, nicht übel!

Hin und wieder brachte eine Unebenheit der Fahrbahn das Rad fast zum Abheben, ein Fahrrad von dreißig Kilo, mit einem Reiter von sechzig, zusammen also neunzig Kilo, ist ja bei sechzig Stundenkilometern nicht ganz dasselbe wie ein Auto, das mehr als eine Tonne wiegt.

Der Wind,

ein Monteverdi-Wind,

ein Freiheitswind,

nahm jetzt mit jeder Sekunde zu, und die Nadel des Tachos schnellte auf immer unglaublichere Werte hoch.

Ha, ha, da taucht das erste Auto auf! Es war ein ziemlich schwer beladener Kieswagen, aber immerhin ein Auto. Er muß ungefähr siebzig Stundenkilometer gefahren sein.

Onkel Stig überholte es, leicht wie ein Schatten, wie ein Geisterhauch, und er sah im Rückspiegel, wie der Fahrer bedenklich schleuderte, während er sich hinter seinem Steuer von dem Schock zu erholen versuchte.

Achtzig Stundenkilometer, das Fahrrad macht bei jedem Buckel auf der Straße weite Sprünge, es ist immer noch kein bißchen anstrengend, der Zeiger kriecht immer höher, und der Regen, der fällt, ist nun kein kalter Regen mehr, sondern ein erfrischender, und der Monteverdi-Wind umbraust ihn voller geheimnisvoller Verheißungen, und der Gefangene des Fortschritts ist ganz frei in der Glasglocke seines Fortschritts, seiner Inspiration, seiner Tüchtigkeit,

UND DER REGEN SPÜLT DIE MÜDIGKEIT VON JAHRZEHNTEN WEG

der Wind ist schon ein Sturm, und jetzt sind es hundert Stundenkilometer, hundert Stundenkilometer! Und diese beiden Personenwagen überholt er so schnell, daß er kaum etwas von ihrem Benzingeruch merkt, und auch sie kommen wahnsinnig ins Schleudern, als sie überholt werden,

ZEITNEHMER MIT BLEICHEN GESICHTERN WIRBELN VORBEI

und bei 110 Stundenkilometern kommt eine Windbö daher, erfaßt *Josef Sofia* und seinen todesverachtenden Fahrer und schleudert sie beide im hohen Bogen auf die Felder hinaus, und er mußte drei Monate im Krankenhaus bleiben, bis seine Oberschenkelbrüche einigermaßen verheilt waren, und alle alten Rentner in den Nachbarbetten lachten sich halb tot, als sie erfuhren, was ihm passiert war, und dann erholte er sich wieder, sehr gut sogar, aber seine Erfindungen nahm er nie wieder auf, und er wurde etwas behäbiger und ruhiger und sprach immer einsilbiger vom Stalinismus und kaufte sich mit der Zeit ein Reihenhaus in Hägersten, und wenn man ihn dort seinen Rasenmäher schieben sah, einen beleibten, schweigsamen Durchschnittsingenieur, der Stalins philosophische Schriften auf dem Speicher verstaut hatte, dann begriff man natürlich, daß irgendwo irgendwas schiefgelaufen sein mußte, es war nur nicht so leicht zu sagen, was, aber ganz schrecklich schiefgelaufen war es irgendwo – sein Leben hatte sozusagen seinen Höhepunkt überschritten – und die Tulpen wuchsen und wuchsen in seinem Garten und der Rasen wurde von Jahr zu Jahr grüner.

UND IRGENDWO WAR ALLES SCHIEFGELAUFEN

und das ist das Ende der Geschichte von der Tüchtigkeit.

Die Geschichte von Tante Clara

Sie war den Onkeln überhaupt nicht ähnlich. Die Onkel waren ziemlich große, etwas klobige Männer, manche davon häßlich, wie Onkel Knutte mit seiner Glatze und seinen Hängebacken, andere wieder recht ansehnlich, wie Onkel Stig mit seinem viereckig geschnittenen Bart und seinen hohen Schläfen, die ihn manchmal fast wie einen polnischen Landadligen aussehen ließen.

Sie hatten etwas Vierschrötiges, Derbes. Sie gehörten zu den Männern, die einen Kahn ordentlich zum Schaukeln bringen, wenn sie sich hineinsetzen. Sie bewegten sich mit schweren, entschlossenen Schritten, so daß die Fußböden knarrten, wenn sie darüber gingen. Sie redeten bedächtig und legten die Stirn in tiefe Falten, und wenn man sie etwas fragte, entstand immer eine Pause, bevor sie eine Antwort fanden.

Tante Clara, die Jüngste von den Geschwistern, war von ganz anderer Art.

Sie war klein, dunkel, lebhaft, mit großen Augen, viel zu großen, wie einmal jemand sagte.

Ihr etwas widerspenstiges, dunkles Haar fiel weit über die Schultern herab. Besonders am frühen Morgen konnten ihre Augen ein wenig rotgerändert sein, und wenn sie einen über den Frühstückstisch hinweg ansahen, konnten sie eine eigentümliche Vornehmheit haben: man fühlte sich nicht so *fein* wie sie.

Sie war eine ziemlich kleine Frau, die sich mit tänzelnden

Schritten durch die Welt bewegte und mit einer dunklen, sehr schönen Altstimme sprach.

Wenn sie uns im Sommer besuchte, pflegte sie ein rotgepunktetes Strandkleid zu tragen, das ihre schönen Schultern frei ließ. Eine richtige Sonnenbräune bekam sie nie. Sie war immer ein ganz klein wenig blaß.

Sie redete schnell und ungeheuer viel, und ihre Stimme war so schön, daß ich als Junge fast nie mitbekam, was sie eigentlich sagte, denn alles, was sie sagte, klang wie Musik.

Einige von Béla Bartóks Steichquartetten können mir noch heute einen Schauer den Rücken hinunterjagen, weil sie mich so stark an Tante Claras sanfte, schnurrende Altstimme erinnern, wie sie in der Morgensonne in Ramnäs auf der Treppe sitzt und ihren Morgenkaffee trinkt.

Es verstand sich von selbst, daß Tante Clara feiner war als wir, und es war immer eine große Ehre, wenn sie zu Besuch kam. Sie wurde stets mit einem Taxi am Bahnhof vom Dreiuhrbus abgeholt, und mein Vater hatte immer so etwas wie einen Sommeranzug an, wenn sie kam, von Bierflaschen war dann keine Rede mehr, und sie mußte stets ein Glas und eine Wasserkaraffe in ihrem Schlafzimmer haben, nicht, weil sie es brauchte, sondern weil sie so fein war.

Ich liebte sie unsäglich. Wenn sie sich mir manchmal zuwandte, mich mit ihren großen, blauen, forschenden Augen ansah und sagte:

»Lars, magst du mir nicht zeigen, wie weit du mit dem Boot gekommen bist?« lief mir vor unverhohlener Freude ein Kribbeln bis in den Magen hinunter. Es war eine Bestätigung, daß es mich gab, daß wir in irgendeiner fernen Welt ebenbürtig waren, und sie ließ die Sonne den ganzen Tag etwas heller scheinen.

Ich versuchte ihr immer so nahe zu kommen, daß ich den Duft ihrer schmalen weißen Oberarme spüren konnte. Selbst dieser Duft war anders, irgendwie feiner, als der anderer Leute.

Ich war in der Frühpubertät, ein wenig stumpf, ein wenig

dumm, und von einer Unruhe erfüllt, die sich darin ausdrückte, daß ich ganze Sommer lang ein eigenes Boot aus Sperrholz zu bauen versuchte. Diese Boote fielen etwas zusammengestückelt und komisch aus, teils, weil man keine großen Sperrholzstücke bekommen konnte, teils, weil ich einfach so schrecklich dumm war, und sie sanken immer, wenn sie zu Wasser gelassen werden sollten, unter dem furchtbaren Gelächter meines Vaters.

Dann begann ein emsiges Abdichten und Bosseln mit verschiedenen Teersorten, Pech und Leim und weiß der Himmel was noch alles. Und es war immer dasselbe Elend. War es mir endlich gelungen, das Boot so abzudichten, daß es das Wasser drei Minuten lang abhielt, dann brach plötzlich der ganze Boden heraus.

Tante Clara war die einzige, die nicht lachte. Sie pflegte in einem Liegestuhl am Strand zu sitzen, mit einem großen weißen Sonnenhut auf ihrem braunen Haar, nach verschiedenen Sorten von Sonnenöl duftend, und manchmal blickte sie über den Rand der *Femina* und musterte mich mit ihren großen, geheimnisvollen Augen, wie ich da mit meinen nackten Jungenschultern schuftete und mich mit Hobel, Hammer und Säge an meinen widerspenstigen, verflixten Sperrholzstücken abmühte.

Es war ein sonderbares Gefühl. Ein gutes. Ein verwirrendes.

Tante Clara hatte ein Geheimnis. Es war in ihren Düften, in ihrer Stimme, es war wie eine Frage, die immer in ihren großen Augen stand.

Sie war umgeben von einer Aura der Behutsamkeit. Man redete nie über sie, wenn sie gerade in einem anderen Zimmer war.

Bei den Onkeln tat man das immer. Man sagte:

»Er wird doch nicht schon wieder getrunken haben?«

oder:

»Ist er schon wieder am Erfinden? Er *wird* doch wohl die Pumpe nicht noch mal auseinandernehmen? Ich werd' verrückt!«

Wenn Tante Clara kurz hinausging, um ihr Sonnenöl zu holen oder ihre Zigaretten (sie rauchte ununterbrochen, ihre schmalen kleinen Fingerspitzen waren gelb vom Nikotin, meine Mutter fand es scheußlich, wenn Damen rauchten, verlor aber nie ein Wort darüber), entstand nur ein höfliches Schweigen.

Sie *bekrittelte* man nicht.

Und manchmal kamen Anrufe. Ziemlich oft sogar.

Auf der anderen Straßenseite wohnte ein ehemaliger Sägewerksvorarbeiter namens Isaksson, ein großer, schwerer Mann mit melancholischen Augen, viel zu langen Armen und einem sonderbar vorgebeugten Gang.

Er hatte zeitweise das gesamte Sägewerk geleitet, aber wie er selbst sagte, hatte er dort »nicht gut getan«, hatte dann freiwillig gekündigt und lebte nun von der Bienenzucht, die hübsche Gläser mit der blaugelben Bauchbinde des Reichsverbandes der Schwedischen Bienenzüchter abwarf.

Niemand hatte so gute Kartoffeln wie er.

Von seiner Zeit als Vorarbeiter im Sägewerk war ihm noch das Telephon geblieben. Es stand sehr ordentlich in seiner guten Stube auf einer kleinen Häkeldecke auf einem Tischchen aus Mahagoni, das ursprünglich wohl für eine Topfblume gedacht war. Weiß der Himmel, wozu er es brauchte. Wir benutzten es bei ganz seltenen Anlässen, wenn irgend etwas besonders Wichtiges und Eiliges zu erledigen war. Zum Beispiel das ewige Elend, wenn ich einen dieser teuflischen Zahnwehanfälle in meinen morschen Milchzähnen bekam, was jeden Sommer ein- oder zweimal zu geschehen pflegte, und man telephonisch beim Zahnarzt in Västerås einen Termin bestellen mußte. Heulen und Zähneklappern, Jammern und Klagen auf der Hinfahrt im Bus, eine Tüte Bonbons zum Trost und vielleicht ein Buch und eine noch schlimmere Höllenpein auf der Rückfahrt, wo es noch ärger weh tat und man dasitzen mußte, als ob gar nichts sei, weil man schon so alt war, daß es sich nicht gehörte, einfach loszuheulen.

Wenn Tante Clara bei uns war, kam jeden oder jeden zweiten Tag ein Anruf. Isaksson, der ehemalige Sägewerksvorarbeiter, erschien mit langen hängenden Armen und einer unsäglichen Melancholie im Blick und sagte:

»Da ist wieder ein Anruf für das Fräulein.«

Und sie strahlte und lief tänzelnd Isakssons Gartenweg hinunter.

Sie redete solange sie wollte. Tante Clara hatte keinen besonderen Respekt vor Telephonen. Sie war selbst Telephonistin, das vergaß ich zu erzählen. Und zwar nicht einfach irgendwo. Sie war Telephonistin in der Schwedischen Reichsbank, wo ihre tiefe Altstimme wirklich zur Geltung kam. Das tiefrote Gold ihrer Stimme, wenn sie sich gleichbleibend unpersönlich mit »Sveriges Riksbank« meldete, war ein Abglanz des geheimnisvollen und etwas beängstigenden Goldes, das in unendlichen Mengen in den unterirdischen Kammern lagerte, als Garantie für den schwedischen Geldwert, den Dritten Verteidigungskredit und die staatlichen Prämienanleihen des Jahres 1945.

Europa lag in Trümmern. Die Armeen von Marschall Schukow und Marschall Montgomery hatten sich siegreich vom Kaukasus bis zum S-Bahnhof Bornholmer Straße, vom Monte Cassino bis zur Akazienstraße durchgeschlagen, die Berliner liefen lustlos herum, räumten ihre Steinhaufen auf und aßen ihre Kartoffelsuppe, der Marshallplan nahm in Washington schon Gestalt an, und hin und wieder war noch Franklin D. Roosevelts sonore Stimme im Radio zu hören. Per Albin Hansson spielte mit dem Gedanken, die Koalition mit den bürgerlichen Parteien fortzusetzen, da es jetzt in der Nachkriegszeit keine wirklichen Probleme mit den Parteien mehr gab, die befreiten Brudervölker hatten ihren Jubelsommer gehabt, und über seinem großen, spartanisch einfachen Mahagonischreibtisch im Kreml zündete sich Generalissimus Josef Stalin die achtzehnte kurze, breite Dunhillpfeife dieses Tages an, gestopft mit feinem kaukasischen Tabak, und blätterte mit kurzen, derben Fingern in einem Bericht über Probleme mit Güterwagen und Lokomotiven an der Dritten Weißrussischen Front.

Über dem Stillen Ozean summten noch immer die Kamikazeflieger, die armen Teufel, mit ihren weißen Binden, und wußten, daß kein Mensch es je wagen würde, anders als respektvoll von ihnen zu reden, denn so beschissen ist ja nun mal das Leben, daß man sich durch nichts anderes Respekt verschafft als dadurch, auf alles zu pfeifen, und die Bomben, die über Hiroshima und Nagasaki abgeworfen werden sollten, existierten schon als Teile in den Fabriken, und die Geschichte war überhaupt viel zu groß für die Menschen.

»Was wird der Russe jetzt nur machen«, sagte der alte Lindvall, der seine Fliederbüsche an der Straße nach Kyrbkyn goß.

Er sprach stets vom Russen und vom Deutschen, als sei es jeweils ein einziger Mensch, der eine mit schwarzem Bart, der andere mit schwarzem Schnurrbart, boshaft grinsendem Mund und einem Leutnantsmonokel im Auge.

Die Leute waren stumm vor Staunen über alles, was die Welt sich einfallen ließ, damit der Kommentator Sven Jerring im Radio davon berichten konnte, und mit der Zeit scherten sie sich einen Dreck darum. Sie züchteten lieber Kohl und sahen nach den Johannisbeerbüschen.

August 1945. Ich glaube, noch nie sind Kohlrüben, Johannisbeeren und Rhabarber in Västmanland so gut gediehen wie in diesem Jahr. Der Malermeister Nisse Eklund aus Seglingsberg (er brachte mich übrigens dazu, Science-Fiction-Romane zu lesen, er hatte ganze Stöße mit Heften des *Äventyrsmagasinet* auf dem Speicher) sagte, es müsse irgendwas mit dem Krieg zu tun haben, ein subtiles biologisches Gleichgewicht sei gestört worden und müsse nun wiederhergestellt werden, und weiß der Teufel, ob er nicht recht hatte.

Anfang August, noch bevor die Atombomben gefallen waren, kam Tante Clara zu ihrem letzten Sommerbesuch nach Västmanland. Das heißt, damals wußten wir nicht, daß es der letzte sein würde.

Sie war ein wenig hektisch. Die Anrufe kamen etwas öfter als gewöhnlich, und sie dauerten etwas länger als gewöhnlich.

Dann entdeckten wir allmählich, daß irgend etwas Merkwürdiges im Gange war.

Sie kam nach einigen dieser Anrufe so verweint zurück, daß der ehemalige Sägewerksvorarbeiter Isaksson ihr sogar seine geblümten Schnupftücher zu leihen begann. Und dabei war er nicht gerade ein Gefühlsmensch.

Sie kam zurück, klein und am ganzen Körper vor Wut und Trauer zitternd, schlug mit der Faust auf den Tisch, lief in ihr Zimmer und warf sich aufs Sofa oder rannte zur Brücke hinunter, saß dort klein und zusammengekauert und starrte stundenlang in den Sonnenuntergang, so daß wir wirklich nicht wußten, was wir mit ihr anfangen sollten.

Ganz offensichtlich war irgendwas schiefgegangen.

Tante Clara hatte ein trauriges Geheimnis. Die Familie war sich nie ganz sicher, ob sie es als etwas betrachten sollte, worauf man stolz ist, oder als etwas, wofür man sich schämt.

Mein Gott, nach all diesen Jahren weiß ich kaum mehr, wie es sich genau verhielt; so kann es gehen, wenn man ein Geheimnis allzu lange hütet! Es ist schon so, wie August Strindberg sagt: Man soll keine Geheimnisse haben. Und auch die anderen nicht, was das betrifft.

Wie ich schon erzählt habe, war sie Telephonistin in der Reichsbank, und an einem so bedeutenden Ort, so hoch erhaben über die alltägliche Welt, konne es ja nicht ausbleiben, daß sie mit der Art von Leuten in Kontakt kam, die so bedeutend, so hochgestellt waren, daß sie für uns fast nur als etwas existierten, von dem das Echo des Tages berichtete.

Eine solche, wirklich hochgestellte Persönlichkeit mußte ein Auge auf Tante Clara geworfen haben.

Das Ganze war, wie ich schon sagte, sehr geheimnisvoll, sehr mystisch, und man sprach nur im Flüsterton davon.

Vielleicht war es der Vorsitzende des Reichsbankdirektoriums? Oder der Präsident des Revisions-Prüfungsgerichts?

Ich weiß, daß ich es gewußt habe, aber ich kann mich um alles in der Welt nicht daran erinnern.

Ich weiß nur noch, daß es jemand war, der jederzeit zum Mitglied der neuen Regierung berufen werden konnte, die jetzt zu erwarten war, nachdem die Koalitionsregierung das Ihre getan hatte; eine sehr hochgestellte Persönlichkeit.

Tante Clara war also auf dem besten Weg, Ministergattin zu werden.

Es fehlten nur noch ein paar kleine Formalitäten, z.B., daß diese wirklich hochgestellte Persönlichkeit sich endlich zur Scheidung entschloß, und das war offenbar gar nicht so einfach. Es ist nicht so einfach, sich in den höchsten Kreisen scheiden zu lassen; man muß den richtigen Augenblick abwarten, damit man sich nicht die Karriere verbaut.

Sich scheiden zu lassen, wenn es gerade um eine Regierungsbildung geht, und man selbst als Nachfolger von Finanzminister Wigforss oder Sozialminister Möller vorgesehen ist, das ist natürlich nicht gut möglich. Das muß schließlich jedem einleuchten.

Bestimmt war das der Grund für Tante Claras Traurigkeit.

In der Gegend von Ramnäs gab es damals einen sehr sonderbaren alten Lumpensammler, weiß der Himmel, wie er wirklich hieß, denn ich glaube, es war zuerst im Scherz, daß alle ihn Gottwold nannten.

Ich hatte damals den Eindruck, daß Gottwold sehr alt sein müsse, ungefähr um die Siebzig, aber möglicherweise war er ein wenig jünger.

Er war ein ziemlich kräftiger Mann, und völlig blind. Vor seinen blinden Augen trug er eine uralte, blaugrüne Brille mit Stahlfassung, und vom Kinn hing ihm ein unbeschreiblich langer, grauschwarzer Bart herab, klebrig von schlecht verwerteten Eiresten und aus dem Mundwinkel triefendem Kautabak und Gott weiß was alles. Ich glaube, daß er bei einer Sprengung erblindet war – er hatte irgendwann in seiner Jugend im Hüttenwerk von Ramnäs gearbeitet.

Jetzt zog er auf den Landstraßen umher, blind und tastend,

und ständig lief ein mit Kautabak vermischter Speichelfaden aus seinem Bart. Hinter sich her zog Gottwold stets eine Karre, die aussah wie ein kleiner Heuwagen, beladen mit seinen Sachen, Schrott, den er sammelte und wieder verkaufte, leeren alten Flaschen, Fahrradspeichen, weggeworfenen Thermosflaschen, seinem unbeschreiblich durchlöcherten und zerrissenen Regenmantel, einem Regenschirm, einem dicken in Gummituch gehüllten Paket, in das niemand je einen Blick werfen durfte.

Gottwold war gut zu Kindern. Wenn er den Weg entlangkam, auf eine eigentümliche Art schwankend und vor sich hinsummend und brummend, und hinter ihm der Wagen im Kies knirschte, während er mit seinem weißen Stock nach dem Grasbuckel in der Mitte des Weges tastete (er mied die großen Landstraßen), kamen die Kinder in Scharen angelaufen. Aber niemand kam auf die Idee, ihn zu ärgern.

Wir pflegten in seinem Wagen zu sitzen und mit all den sonderbaren Sachen herumzuspielen, die es dort gab, mit allem außer dem geheimnisvollen Paket im Gummituch, wir durften ihn am Bart zupfen und an den langen strähnigen weißen Haaren und die alte Zinnuhr mit den eigentümlichen Figuren angucken – statt der Zahlen war eine Reihe von Tieren auf dem Zifferblatt: ein Krebs, ein Stier, ein komischer Mann, der Wasser trug, ein Ochse mit gebogenen Hörnern – die er unter dem alten braunen Wollpullover mit den weißen Stopfstellen hervorzog.

Und dann die Puppen. Zu den Waren, die er in den Höfen verkaufte, gehörten lustige kleine Stoffpuppen, richtige kleine Puppenfräuleins, die er aus Sackleinwand, alten wollenen Strümpfen und Lumpen zu sonderbar naturgetreuen kleinen Frauengestalten zusammennähte.

Sie pflegten immer ganz hinten in dem kleinen Heuwagen zu sitzen und ihre Arme rührend über den Rand baumeln zu lassen, wenn er ihn über den Schotter zog.

Er verkaufte sie an die Kinder in den Höfen, wo er hin und wieder einen Schluck Kaffee in der Küche bekam, wenn die

Leute sich nicht allzusehr vor seinem Geruch ekelten, der ihn wie die Aura eines Heiligen umgab.

Die Nase war groß, mit einer starken Krümmung in der Mitte, fast einem Buckel, die Oberlippe dagegen überraschend sensibel.

Wenn man ihn sah, dachte man sofort: Dies ist das zerstörte Kellergeschoß von etwas anderem, einem anderen Menschen als dem, der er geworden ist.

Ohne diese Sprengung wäre vielleicht etwas Besonderes aus ihm geworden.

Und man könnte ja sagen, daß er ohnehin etwas Besonderes war.

Meine Mutter pflegte ihm immer Kuchen und Saft auf der Treppe zu servieren, wenn er mit seinem Karren vorbeikam, ungefähr einmal in jedem Sommer. Und all unsere leeren Flaschen durfte er mitnehmen.

Der Sommer erschien uns nicht vollkommen, bevor er nicht dagewesen war.

In diesem Jahr, 1945 also, dauerte es lange, bis er kam, bis Mitte August.

Es war ausgerechnet der Tag, an dem Tante Clara den letzten Anruf von dem künftigen Minister bekam.

Das Gespräch war katastrophal und sehr ausgiebig. Ich glaube, sie telephonierte so lange, daß der ehemalige Sägewerksvorarbeiter Isaksson vier Bienenstöcke leeren und säubern konnte, bevor das Gespräch beendet war, und es nahm wirklich ein Ende mit Schrecken, denn Tante Clara legte den Hörer mit einem solchen Knall auf, daß die Metallgabeln dem Stoß mit knapper Not standhielten, und rannte hinaus, ganz rot vor Wut und Tränen.

Der künftige Minister hatte sich nämlich endlich entschlossen, auf das politische Risiko zu pfeifen, die Gefühle zu ihrem Recht kommen zu lassen und sich neu zu verheiraten, allerdings nicht mit Tante Clara.

Es war einer von diesen trübwarmen Sommertagen, wenn es die ganze Nacht geregnet hat und die Sonne gerade dabei ist, die Wolkendecke zu durchbrechen. Die Johannisbeeren hingen dicht in den Büschen in Isakssons Garten. Vereinzelte Krähen hüpften zaghaft um die phantasievoll konstruierten Vogelscheuchen herum.

Ein Zug fuhr unten auf der Eisenbahnlinie vorbei, mit einer endlosen Reihe von klappernden leeren Erzkippern, und Tante Clara fragte zwischen den Schluchzern, warum denn um Gottes willen so viele Güterwagen unterwegs seien.

Ein Hühnerhabicht segelte auf den Luftströmungen über dem großen Wald jenseits des Sees dahin. Ein Baum zitterte in einem fast unmerklichen Wind und schüttelte schwere Tropfen auf Tante Claras runde, schmale, sehr weibliche Schultern.

Die Hände vors Gesicht geschlagen und ganz allein auf der weiten Welt, ging sie den Weg entlang und weinte offen und verzweifelt vor aller Augen.

Der blinde Landstreicher Gottwold hatte inzwischen seinen Wagen in unseren Hof gezogen, ihn ordentlich hinter dem Zaun geparkt, und saß jetzt auf unserer Veranda, trank Kaffee, daß ihm der Kaffee nur so in den Bart sickerte, und aß von den besten Napoleonsplätzchen meiner Mutter. Die großen blauen Gläser seiner Blindenbrille leuchteten leer ins Zimmer hinein, und er konversierte ziemlich einsilbig mit ihr, über Wind und Wetter, Kreuzwege und Kahlschläge.

Das ging so zu, daß meine Mutter, klein, rundlich und freundlich in ihrem weißen Kattunkleid mit blauen Punkten, einen Monolog hielt, den Gottwold hin und wieder unterbrach mit einem

»Ja, so ist das eben«,

und dieses

»Ja, so ist das eben«

kam mit einer so schrecklichen Monotonie, daß man wirklich mit gutem Grund annehmen konnte, er mache sich überhaupt keine Gedanken darüber, was er sagte.

Und das wäre ganz schön dumm von ihm gewesen, denn die Monologe meiner Mutter können wirklich verdammt unterhaltsam sein, wenn man genau darauf hört, was sie sagt.

Den einen Schuh hatte er so ungeschickt an den Elektroofen auf der Veranda gelehnt, daß es stark nach verbranntem Leder roch, aber das schien er überhaupt nicht zu bemerken.

Ich, der ich abwartend dabeistand, dem eintönigen Gespräch zuhörte und mich an seine Seite zu manövrieren versuchte, um hinter diese blaue Brille zu schielen und zu sehen, wie es dahinter aussah,

(waren die Augen noch da?)

entdeckte es als erster, und es dauerte lange, bis ich ihm klarmachen konnte, was sich da abspielte.

Er zog den Schuh, der stark verbrannt war, mit einer Miene zurück, als gehöre er gar nicht zu ihm.

In diesem Augenblick kam Tante Clara zur Tür herein, klein und zitternd und ganz weiß im Gesicht.

Draußen lärmten die Krähen in den Beeten.

Gottwold blickte einen Moment auf, ja er *blickte* tatsächlich auf, und richtete kurz seine leeren, blaugrünen Brillengläser auf Tante Clara.

Er glich ein wenig einem großen, zottigen Tier, das plötzlich auf eine Fährte gestoßen ist. Er bewegte seinen schweren Kopf witternd hin und her.

Und nun geschah das Unglaubliche: Tante Clara stürzte auf ihn zu, fast als wäre der verlauste, blinde Landstreicher ihr Vater, barg ihr weinendes Gesicht irgendwo an seiner schrecklichen Jacke, verschwand mit ihren sanften, zitternden Schultern irgendwo in seinem langen Bart.

Staunend und unseren Augen nicht trauend standen wir da und sahen Gottwolds große, etwas bläulichrote Hand Claras schmalen kleinen Kopf mit dem feinen braunen Haar streicheln, nur väterlich streicheln, immer wieder, nur streicheln ...

Meine Mutter und ich, wir begriffen beide, daß sich vor

unseren Augen etwas Wunderbares, etwas Schreckliches und Wunderbares ereignete, und wir brachten kein Wort über die Lippen.

Das war Mitte August. Gegen Nachmittag. Ja, wenn ich genau darüber nachdenke, brach gerade in diesem Moment die Sonne hervor. Sie ließ die Spuren des Regens verdunsten.

Clara folgte Gottwold noch an diesem Nachmittag. Sie ließ den größten Teil ihres Gepäcks zurück, denn auf Gottwolds Karren war ja nicht viel Platz.

Meine Mutter und ich konnten nicht viel dazu tun. Wir standen am Zaun, beide tief ergriffen, und sahen sie hinter der Wegbiegung verschwinden, Hand in Hand. Der Karren klapperte und schlitterte im losen Schotter der Kurve.

»Willst du nicht wenigstens die Zahnbürste mitnehmen«, rief meine Mutter, mit einer berechtigten Verzweiflung in der Stimme.

»Nein danke«, rief Tante Clara zurück. »Die brauche ich nicht.«

Ich glaube, das war das erstemal in meinem Leben, daß ich ein Beispiel dafür sah, wie grenzenlos die Freiheit eines Menschen sein kann, wenn man nur daran glaubt, und das hat mich viel gelehrt.

Mein Vater wurde, um die Wahrheit zu sagen, ziemlich wütend, als er gegen Abend nach Hause kam. Er war in Västerås gewesen, um dringende Geschäfte zu erledigen.

»Um Gottes willen, du mußt sofort zu Isaksson laufen und den Ortspolizisten anrufen«, sagte mein Vater, blaurot im Gesicht. Er neigt dazu, manche Dinge ernstzunehmen, und das habe ich leider von ihm geerbt. (Wäre ich nur nach meiner Mutter geraten, dann wäre ich ein viel amüsanterer Schriftsteller geworden.)

Es war meiner Mutter überhaupt nicht eingefallen, daß man natürlich den Ortspolizisten anrufen sollte.

»Du mußt ihm eine genaue Personenbeschreibung geben. Von allen beiden«, sagte mein Vater.

»Aber ...«

»Kein aber, wer weiß, was da passieren kann.«

»Aber es ist doch kein Verbrechen geschehen«, sagte meine Mutter ruhig.

Er versank fast eine Stunde lang in eine tiefe metaphysische Grübelei, bevor er erkannte, daß weder Gottwold noch Tante Clara etwas getan hatten, das ein größeres Polizeiaufgebot mit Spürhunden und Streifenwagen rechtfertigen würde. Der Liebe zwischen erwachsenen Personen von offensichtlich verschiedenem Geschlecht legten auch in den vierziger Jahren die Gesetze keine Hindernisse in den Weg.

Und daran taten sie natürlich gut.

Sie waren in Surahammar gesehen worden. Etwa einen Monat darauf kursierten Gerüchte, sie hätten in einer Scheune in Söderbärke übernachtet. Sie wurden zu einer Legende, die in aller Munde war. Sie tauchten überall auf, grenzenlos glücklich, grenzenlos verliebt, Clara führte den Blinden durch den Herbstregen, über die schlammigen Wege, und sie übernachteten unter Bahnüberführungen und in den Scheunen. Überall wurden sie mit einer eigentümlichen Ehrfurcht aufgenommen, mit dieser tiefen Ehrfurcht, die nur die totale, die vollkommene Liebe in den Menschen wecken kann. Ohne zu übertreiben, könnte man sagen, daß sie ein Licht über die ganze herbstliche Gegend warfen.

Leider waren Tante Claras Lungen ziemlich anfällig. Sie vertrug es nicht, im Winter unter Bahnüberführungen und in feuchten Scheunen zu schlafen. Sie erkrankte während der Schneeschmelze im März an Lungenentzündung und starb in der Kammer eines freundlichen Bauern in Haraker. Gottwold saß bis zuletzt bei ihr, er fing ihren letzten Blick in seinen blauen, unergründlichen Brillengläsern auf.

Ich glaube, sie ist vollkommen glücklich gestorben.

Und sie wurden zu einer Legende, die man sich noch heute an den Kaminfeuern in Västmanland erzählt, spät an den Winterabenden, wenn die letzten Fernsehprogramme des Tages zu Ende sind.

Das Märchen von Clara und Gottwold. Und Clara, das war wirklich meine Tante!

Gottwold überlebte sie um mehrere Jahrzehnte. Er starb in der Krankenstation des Altersheims von Nibble (die Gemeinde Hallstahammar konnte als einzige dazu gebracht werden, ihn aufzunehmen, weil er ein unleserliches Dokument bei sich trug, das beweisen sollte, daß er aus der Gemeinde Berg stammte, die jetzt zur Großgemeinde Hallstahammar gehört), am selben Tag, an dem Präsident Kennedy ermordet wurde. Meine Großmutter Tekla, die im Laufe der Zeit, nach einem weiteren Jahrzehnt, in demselben Altersheim ihren hundertsten Geburtstag feiern sollte, kannte ihn sehr gut und pflegte ihm hin und wieder eine Tüte mit Süßigkeiten zuzustecken, wenn er sabbernd im Aufenthaltsraum der Krankenstation saß.

»Gottwold ist ein so lieber und feiner Mensch. Weißt du, er ist ein bemerkenswerter Mann, ein bemerkenswerter junger Mann«, pflegte Großmutter Tekla zu sagen und mich dabei mit ihren uralten weisen Augen anzublicken, die seit den Tagen der Pariser Kommune das Tageslicht gesehen hatten und die nichts mehr erstaunen konnte.

Ich glaube, Tekla wußte so manches über seine Rolle in der Familiengeschichte, denn sie zwinkerte ein wenig dabei.

»Ein so feiner junger Mann, und so früh gestorben«, sagte sie bei einem Telephongespräch an jenem Morgen, an dem Präsident Kennedy ermordet wurde, und klang dabei richtig empört.

»Präsident Kennedy?«

»Wie bitte?«

»Der amerikanische Präsident?«

»Was ist mit ihm?«

»Ich dachte, du hättest von ihm gesprochen?«

»Ich redete von Gottwold, dem Blinden. Er ist tot.«

Und das Paket im Gummituch? Das so sorgfältig eingeschlagene? Frau Bergkloo, die Leiterin des Altersheims, ging seine gesamte Habe durch. Es zeigte sich, daß das Paket zwei umfangreiche Manuskripte enthielt, auf Papier von sehr unterschiedlichen Qualitäten und Formaten niedergeschrieben. Sie umfaßten beide etwa tausend Seiten, und offensichtlich handelte es sich um Romane.

Durch einen glücklichen Zufall bekam Frau Bergkloo an demselben Tag, an dem sie sie durchgesehen hatte und sie in den Heizkessel des Altersheims werfen wollte, Besuch von einem jungen Mann aus Västerås. Sein Name war Dr. Björn B. Håkansson, er war übrigens der jüngere Bruder des großen Dichters, und kam im Auftrag des Landesantiquars Sven Ohlsson aus Västerås, als ein Glied in der großen västmanländischen Archivinventur jenes Jahres.

Frau Bergkloo kam auf die Idee, daß Gottwolds Manuskripte vielleicht etwas für ihn sein könnten, und er nahm sie unschlüssig in seinem Volkswagen mit.

Die beiden Manuskripte Gottwolds des Blinden werden im Landesarchiv von Västerås aufbewahrt, unter der Signatur GHG (Hallstahammar und Umgebung, Volkskunde) 23467992 A bzw. 23467992 B.

Ich habe die beiden umfangreichen Manuskripte gelesen. Mühsam, denn das Papier besteht zum Teil aus zerknitterten alten Tüten. Und der Speichelfaden mit dem Schnupftabak hat seine Spuren darauf hinterlassen.

Es handelt sich um zwei Romane. Und sie sind etwas ganz Besonderes.

Der eine handelt von der Belagerung und der endgültigen Eroberung einer Stadt.

Das alles sehr lebendig, farbenfroh, reich an lebensnaher Phantasie. Ein Meisterwerk.

Der zweite, der eine Art Fortsetzungsroman darstellt und

zumindest in seinen letzten Teilen wahrscheinlich während des glücklichen Herbstes und Winters mit Clara entstanden ist, handelt von einem der Helden dieser Belagerung, der auf einer langen Seereise heimwärts in immer neue Abenteuer und Bedrängnisse gerät. Auch dies ein Meisterwerk. Ungeheuer lebendig, mit enormen philosophischen und allegorischen Exkursen.

Zuletzt landet der Held in seinem Heimatort, den er ohne jede Hoffnung auf ein Wiedersehen verlassen hatte.

Das Haus seiner Gattin ist von Freiern belagert. Er besiegt sie alle durch List und ungeheure Kraft. Am Ende sind sie wieder vereint.

Der Name der Gattin ist Clara.

Ich glaube nicht, daß Tante Clara etwas von der Existenz dieser Romane geahnt hat.

Als Gott erwachte

Ungefähr so, wie eine kleine Spinne zuweilen in einer Ecke des Netzes schläft, das sie sich gebaut hat, schlief Gott zwanzig Millionen Jahre lang in einem fernen Winkel des Universums.

Diese Region war sehr arm an Galaxien. Nichts störte ihren Schlaf. Sie schwebte dort wie eine riesige Schirmqualle, dreizehn Parsek im Querschnitt, wunderbar anzusehen mit ihren ständig wechselnden rosa, grünen und tiefblauen Farbtönen, die unter der durchsichtigen Oberfläche des Schirms schillerten.

Dem gesamten bodenlosen All, das sich Lichtjahre weit in allen Richtungen um sie her ausbreitete, verlieh sie eine Art Frische. Ohne daß sie greifbar gewesen wäre, hätte ein Reisender ihre Nähe doch spüren können, ungefähr so wie man es spürt, wenn man sich an einem sonnigen Sommertag vom Landesinneren her der Küste nähert oder unbekümmert durch einen frischen Frühlingsregen geht und sich das Wasser übers Gesicht laufen läßt. Sie verlieh dem leeren Raum ein eigentümliches Gefühl von Frische, von jungem Grün, ja von Verliebtheit.

Aber während dieser zwanzig Millionen Jahre kam kein Reisender in diese fernen Gegenden, die nicht nur weit unter unserem optischen Horizont, sondern auch weit unter dem Radiohorizont liegen.

Für dieses wunderbare und einzigartige Wesen, das älter war als das Universum und dem Raum und Zeit eigentlich fremd waren, das zugleich älter und jünger war als alles Erschaffene, größer als der gesamte Weltraum und kleiner als das kleinste Elementarteilchen, bedeuteten zwanzig Millionen Jahre Schlaf weniger als Schlaf. Ein Augenblick der Abwesenheit, so wie wenn ein Autofahrer für einen Moment den Blick von der Straße nimmt, um etwas zu überdenken.

Als das höchste Wesen seine Aufmerksamkeit wieder auf die Welt richtete, waren alle Wahrnehmungen noch die gleichen. Das tiefe, pulsierende Rauschen einiger periodischer Radioquellen in der nächsten Galaxis bildete den Hintergrund für eine unendliche Menge von feineren Empfindungen. Die leichten Energieveränderungen der Sonnen kamen und gingen wie der Wind im Laub eines Espenwäldchens, und wie der dumpfe Aufprall der Wellen an einem nächtlichen Kai ertönten aus fernen Regionen die Gravitationskollapse zusammenstürzender Supernovae.

Und als höchste aller Frequenzen, etwa wie Tausende von Grillen und Heuschrecken auf einer Wiese, die Gedanken aus all den bewohnten Welten.

Unter all diesen Geräuschen gab es einen Ton, einen sehr fernen, sehr schwachen, den sie zuerst überhaupt nicht wahrnahm. Aber bei all seiner Schwäche und Winzigkeit war dieser Ton so durchdringend, daß er ihre Aufmerksamkeit erregte, als sie ihn erst einmal bemerkt hatte. Noch einen Augenblick zuvor war er nicht dagewesen. Er war so klagend, daß er einen Schauer von etwas, das mit menschlichen Begriffen als mütterliche Besorgnis bezeichnet werden könnte, durch den ungeheuren Körper jagte.

Gott hatte die Gebete der Menschen wahrgenommen.

Es dauerte drei Tage, bis die Menschheit merkte, was im Gange war.

Der erste, der die Veränderung bemerkte, war ein fünfzehnjähriger Guerillasoldat in einem Dschungelgebiet gleich südlich von Tansania. Er und seine ausgemergelte, halb verdurstete Truppe, mit langen, eitrigen Narben an den Beinen, waren gerade von einem Hubschrauber ausfindig gemacht worden, als sie sich im Schatten einer einsamen Baumgruppe inmitten einer Steppe zu verbergen suchten, die ein unbarmherziges Mittagslicht überflutete.

Der Junge lag zitternd neben einer Munitionskiste und sah den Hubschrauber näherkommen. Das Mündungsfeuer der Maschinengewehre war schon deutlich sichtbar. In einem Augenblick würde er sterben. Er war in einer christlichen Missionsstation erzogen worden. Als er nun den Hubschrauber ankommen sah und hörte, wie das dumpfe, knatternde Geräusch der Flügelblätter von dem härteren Knattern der Schnellfeuerwaffen übertönt wurde, ließ er sich einen Gedanken entschlüpfen:

Gott, vernichte sie!

Der weiße Blitz, der den Hubschrauber und seine Besatzung in eine Menge von stark ionisierenden Teilchen verwandelte, die in einer Wolke mit dem Wind davontrieben, war bis zum Horizont zu sehen.

Der zweite Hubschrauber, der sich schon im Anflug befand, stürzte wenige Kilometer weiter weg mit einem Krachen ab. Die durchgerüttelte Besatzung tappte noch ganz geblendet von dem ungeheuren Lichtschein hilflos umher.

Gott, laß dies endlich ein Ende haben, betete ein Krebspatient in einem Krankenhaus. Die Wirkung des Morphiums flaute gerade ab, und die weißglühenden, pulsierenden Schmerzen im rechten unteren Teil seines Magens, gleich über der Leiste, kehrten mit jedem Pulsschlag stärker werdend zurück.

In diesem Augenblick hörte der Schmerz auf und wurde von etwas abgelöst, das sich wie eine ohrenbetäubende Stille ausnahm. In der Magengegend spürte er nur ein leichtes Ziehen, als sei etwas Hartes entfernt worden, das ihn dort gedrückt hatte. Er konnte wieder normal atmen. Fünf Minuten später versuchte er unendlich vorsichtig, sein Bein anzuziehen.

Nach weiteren fünf Minuten drückte er wie wild auf die Alarmklingel. Als die Nachtschwester sehr verspätet zur Tür hereinkam, stand er mit einem scheuen Lächeln mitten im Raum.

Schenke uns, o Gott, einen dauerhaften Frieden, beendete der Erzbischof von Åbo seine Morgenandacht im Radio. Er sagte es in tiefem Ernst und meinte wirklich jedes Wort, das er sprach.

Hätte er dieses Gebet eine Zehntelsekunde früher gesprochen, dann wäre er ein gewöhnlicher Bischof geblieben, wenn auch ein Erzbischof.

Da er es aber gerade in diesem besonderen Augenblick sprach, wurde er zu einer Gestalt von weltgeschichtlicher Bedeutung, ja tatsächlich zur größten Gestalt der Weltgeschichte.

Drei Zehntelsekunden nachdem der Erzbischof von Åbo die letzte Silbe des Wortes »Frieden« ausgesprochen hatte, entdeckte das Kontrollpersonal in einem der riesigen unterirdischen Raketenbunker, die eine Kette in der Äußeren Mongolei bilden, daß all die kunstvollen Instrumente, die den Zustand einer Rakete mit Mehrfachsprengkopf überwachen – sie kann gleichzeitig sechs Wasserstoffbomben über sechs verschiedenen Städten niedergehen lassen – auf Null zeigten. Das führte zu Verzweiflung, Alarm, Notmaßnahmen. Nach sechs Stunden harter Arbeit konnte ein Spezialistenteam nur noch feststellen, daß nichts mehr zu retten war. Die achtzig Meter lange Rakete in ihrem tiefen Silo bestand von der Spitze bis zum Sockel aus ungeheuer schwerem, wunderbar glänzendem 24-karätigem Gold. Weichem, biegsamen, solidem Gold.

Es dauerte noch einen weiteren Tag, bis die Welt entdeckte, daß dasselbe für das gesamte spaltbare Material auf der Erde galt, und nicht nur für das spaltbare. Jede Waffe, jedes

Projektil, bis hin zu den Schwertern der Eisenzeit in den Museen, hatte sich im selben Augenblick in Gold verwandelt.

Am nächsten Tag um achtzehn Uhr wurden drei durch Psychopharmaka stark gedämpfte Mitglieder des Nationalen Sicherheitsrats der Vereinigten Staaten in eine psychiatrische Privatklinik überführt. Die übrigen Mitglieder beobachteten ihre Abfahrt an einem Fenster in einem der oberen Stockwerke des Pentagon. Sie hatten den leeren Blick von Menschen, die nichts mehr sehen und hören wollen.

Die erste der ungeheuren Börsenkrisen, die innerhalb von zwei Tagen zuerst zur Abschaffung des Geldverkehrs und dann zur Abschaffung des gesamten Finanzwesens, jeder finanziellen Verpflichtung führen sollten, erschütterte bereits seit zehn Stunden die Börsen der Welt.

Der Sturz des Goldpreises war zunächst enorm. Gegen Mittag war er auf den Tonnenpreis der Kohle im Jahre 1934 gesunken.

Die chaotische Flucht zum US $, die zugleich einsetzte, hatte gegen ein Uhr den Dollarkurs auf zwölftausenddreihundertvierzig Unzen Gold hochgetrieben. In der nächsten halben Stunde begann infolge eines unbestätigten Gerüchts ein panisches Rennen auf die norwegische Krone, wobei diese innerhalb von fünfundzwanzig Minuten den zehntausendfachen Wert des Vortags erreichte.

Der Chef der norwegischen Reichsbank gab um zwei Uhr in einer Sondersendung der Tagesschau in düsteren Worten die Nachricht vom nationalen Bankrott bekannt.

Die Fernsehsendung fand nur äußerst wenige Zuschauer. Die Bürger von Norwegen waren zu diesem Zeitpunkt nämlich mit privaten Entdeckungen einer solchen Größenordnung beschäftigt, daß ein nationaler Bankrott sie völlig kaltließ.

Seit Jahrtausenden waren die Gebete mancher Menschen sehr genau, sehr präzise gewesen, die anderer dagegen so vage und verschwommen, daß sie sich fast nur in ihren Träumen artikulierten.

Im nördlichen Västmanland, zwischen Ängelsberg und Ombenning, saß ein pensionierter alter Sägewerksarbeiter in seinem Häuschen und blätterte zerstreut in der *Vestmanlands Läns Tidningen* vom Vortag. Er war auf der Schwelle zum Halbschlaf. Seine Augen blinzelten schon ins Licht, die Fliegen summten durchs Zimmer.

Ein diskretes Klopfen an der Tür ließ ihn zusammenzukken. Als er daraufhin die Augen öffnete, ein gedämpftes »Herein!« rief und dann sechs tadellos befrackte Kellner riesige Körbe mit frischgekochten Krebsen in Dill, Kümmelkäse groß wie Traktorenräder und kistenweise eisgekühlten Branntwein hereinschleppen sah, nahm er das seelenruhig hin und folgerte, er sei tatsächlich eingeschlafen.

Die erste Zimbel und der Ton der kleinen Flöte ließen ihn wieder zusammenzucken. Die Kellner waren verschwunden.

Angetan mit einem blauschimmernden, durchsichtigen Gewand eröffnete die erste der fünf Tänzerinnen den Reigen. Ihr wunderbar beweglicher Nabel kreiste unter einem schweren Schmuck, der zwischen ihren festen kleinen Brüsten hing. Sie lächelte ein unendlich einladendes Lächeln.

Mit festen Schritten ging der Sägewerksarbeiter zur Tür und schloß sie ab. Auf dem Rückweg merkte er, daß der Rheumatismus in seinem linken Knie spurlos verschwunden war.

Zu diesem Zeitpunkt machten Milliarden von Menschen auf der ganzen Welt die gleiche Entdeckung. Der Gott, der ihre Gebete so überraschend zu erhören begonnen hatte, schien keinerlei moralische Hemmungen, keine Spur von Anstand zu besitzen. Die Macht, die imstande war, auf einen Schlag die mit Atomwaffen beladenen Riesengeschosse in Türme aus solidem Gold zu verwandeln, zeigte sich bald ebenso gewillt, die verrunzelte Gattin eines ältlichen Oberstleutnants in einen schönen blonden Jüngling zu verwandeln oder das

Tagesheim der Sozialfürsorge in der Appelbergsgatan in Stockholm mit einem Orkan von Strauß-Walzern und knallenden Sektkorken zu überfluten.

Die ganze Welt wimmelte von einer offenbar unermeßlichen Heerschar flinker Diener, die plötzlich Gestalt annahmen, um jeden Menschen mit allem zu versehen, was er sich insgeheim wünschte. Das Gedränge, das Tanzen, das öffentliche Kopulieren auf den Straßen Europas war an jenem zweiten Tag unbeschreiblich. Sporadische, vage Rundfunkberichte aus den benachbarten Kontinenten ließen erkennen, daß dort ähnliche Verhältnisse ausgebrochen waren.

Faszinierend war es, den Zusammenbruch der Kirche oder vielmehr der Kirchen zu verfolgen. In der Mitte des dritten Tages, ungefähr zur gleichen Zeit, als Seine Majestät der König mitteilte, sämtliche Parteien hätten es abgelehnt, sich die Last der Regierung aufzubürden, als Moskau und Washington meldeten, alle offiziellen Handlungen seien eingestellt worden, und die Kommunistische Partei Chinas den planmäßigen Anbruch der utopischen Phase verkündete, traf der seit mehreren Tagen erwartete Hirtenbrief der Bischofskonferenz ein.

Es war ein Meisterstück vorsichtiger Formulierungskunst. Er begann mit der Feststellung, Gottes Wege und die Tiefe der Natur seien unerforschlich, und niemand könne dem Allmächtigen vorschreiben, welcher Mittel er sich bedienen solle.

Weiter wurde angedeutet, es gäbe auch eine dämonische Macht in der Welt, und ein wahrer Christ müsse stets mit seinem eigenen Gewissen ausmachen, welche Gebete mit dem Willen Gottes in Einklang stünden.

Selbst wenn dieser Anbruch einer neuen Ära in der Geschichte ein Beweis für die Güte und Allmacht Gottes sei, dürfe die Bischofskonferenz es nicht versäumen, auf die neuen Versuchungen hinzuweisen, die dieser veränderte und gewiß nicht in alle Ewigkeit anhaltende Zustand der Dinge notwendigerweise für jeden guten Christen mit sich bringen müsse. In dieser von großen Umwälzungen geprägten Zeit sähe die Bischofskonferenz sich genötigt, die Gläubigen zu äußerster Enthaltsamkeit in ihren Gebeten zu ermahnen.

Diese Worte waren in den Wind gesprochen.

Die Menschheit, jahrtausendelang von der sonderbaren und unglücklichen Wahnvorstellung gequält, eine fordernde und nahezu bösartige Vaterfigur über sich zu haben, hatte innerhalb von wenigen Tagen ihren Irrtum erkannt.

Statt dessen gab es eine Mutter.

Während das Dasein sich mit jedem Augenblick immer schneller von jeder sprachlichen Beschreibung entfernte und sich auf ein Reich zubewegte, für das es keine Worte gab, begann *DAS STERBEN DER SPRACHE.*

Eines der letzten Sprachfragmente enthielt die Botschaft:
WENN GOTT LEBT, IST ALLES ERLAUBT

(Das blaue Buch V:1)

Die Kunst, den November zu überstehen

1.

Es ging von seiner Frau aus, die ihn oft matt setzte, indem sie ihn ironisch behandelte.

Sie war blond, blaß, entschlossen, und kühl von etwas anderem besessen.

Eine vorzügliche Amateurreiterin: ihre schwarzen, samtigen Reithelme, die sich angenehm anfühlten, wenn man mit den Fingerspitzen darüberstrich, lagen hoch oben auf einem Bord in der Garderobe.

Im Kleiderschrank des Schlafzimmers jene merkwürdig geformten Reithosen, die einen süßlichen Geruch nach Sägespänen und Pferden ausströmten.

Eigentlich war er jemand, der es verdient hätte, ohne Ironie behandelt zu werden.

Er saß in einem großen, hellen Zimmer im Erdgeschoß und machte seine Untersuchungen für den Industrieverband, das Konjunkturinstitut, nicht selten auch für die UNESCO. Er war sehr gefragt.

Ein solides Tonband der Firma Tandberg spielte endlose Bachpartien ab, während er sich in diesem Zimmer über seine karierten Notizblöcke und Tabellen beugte.

Nachmittags kam seine Sekretärin, Frau Sjögren, weißhaarig, kompetent, freundlich, und tippte die Arbeit des Morgens ab.

Das Haus war groß; er hatte es von seiner Familie geerbt, die seit der Mitte des neunzehnten Jahrhunderts im Importgeschäft tätig war. Seine Großmutter hatte das erste richtige Badezimmer von Västerås gehabt.

Es lag auf einem Bergrücken, mit Aussicht über die halbe Stadt. Nicht weniger als zwei riesige Glasveranden, im Winter schrecklich schwer zu beheizen.

Eine davon blieb immer kalt, dort wurden Äpfel in Kartons aufbewahrt, und dadurch bekam der Raum einen unangenehmen Geruch. Wenn man die Tür an einem Wintertag öffnete oder sie aus Versehen offenließ, erwachten zudem Hunderte von Fliegen zum Leben. Sie mißverstanden die Wärme und übertönten alles mit ihrem abscheulichen Summen.

Es war unerträglich.

Mit den Veranden waren viele Erinnerungen verbunden. Das Kartenspielen der exzentrischen Onkel in den dreißiger Jahren, Frühlingsabende, an denen die Petroleumlampe gar nicht angezündet werden mußte und an denen man mit irgendeinem hübschen blonden Mädchen von der Städtischen Mädchenschule hier saß und dem Frühlingsopfer von Strawinsky lauschte.

All diese Mädchen schienen verschwunden zu sein, sie waren wohl Diplomatengattinnen oder Sopranistinnen geworden.

Er konnte sich erinnern, wie die Onkel ihre Spielkarten auf den Tisch knallten, wie das Mineralwasser in den Flaschen zischte. Aber an die leisen Gespräche mit diesen Mädchen in den langen Plisseeröcken der fünfziger Jahre konnte er sich nicht erinnern. Vielleicht hatten sie am Ende Pickel auf dem Rücken?

In ihrer ganzen grotesken, riesenhaften Hölzernheit, mit ihren Windfängen und Wetterfahnen und Korbmöbeln und allen Modernisierungen, die er im Laufe der Jahre vorgenommen hatte, war die Villa natürlich in unseren Tagen über eine Million Kronen wert.

Aber verkaufen konnte er sie nicht, weil er sie für sich selbst brauchte.

Außerdem wohnte er gern in Västerås.

In Stockholm konnte man heute ohne weiteres von einem Messerstecher überfallen werden, wenn man nur vom Hauptbahnhof zum Finanzministerium ging. Einem seiner Freunde war das kürzlich passiert.

Selbstverständlich hatte er eine Beraterfirma eintragen lassen, und diese Firma mietete die Villa als Geschäftsniederlassung von ihm, um wiederum einen kleineren Teil als Wohnung an ihn zu vermieten.

In einem Zeitalter, in dem die Steuerbehörden bestimmten, was die Wohnung eines jeden kosten durfte, und praktisch auch, wie jeder zu wohnen hatte, waren solche Konstruktionen notwendig.

Er gehörte einer Elite an: trotzdem hatte er das Gefühl, daß man ihn unentwegt demütigte.

»Schweden«, pflegten einige seiner Freunde zu sagen, »Schweden ist ein unmögliches Land geworden für alle, die etwas wollen oder etwas können.«

»Diese Entwicklung kann verborgene Vorteile haben«, antwortete er gewöhnlich darauf (beispielsweise seinem Wirtschaftsprüfer, und drehte dabei gnädig die Stereoanlage ein bißchen herunter, die gerade zum vierten Mal seit dem Beginn des Arbeitstages um acht Uhr eine der wirklich großen Lautensuiten von Johann Sebastian Bach ertönen ließ, die ruhige, asketische, nachdenkliche in d-moll). »Jetzt gehen alle *materiellen* Motive verloren, zur intellektuellen Elite eines Landes zu gehören. Nicht mal ein besseres Auto oder eine bessere Wohnung kriegt man zur Belohnung dafür, daß man eindeutig mehr weiß als andere. Kurzum, es lohnt sich nicht, tüchtig zu sein.

Das wird zweierlei zur Folge haben. Erstens werden völlig unbedeutende Personen, richtige Durchschnittsmenschen, das Wirtschaftsleben und die Verwaltung übernehmen. Leute, die sich in unserer Jugend damit begnügen mußten, einen Posten bei der Schwedischen Eisenbahn zu bekommen, Leiter eines Freizeitheims zu werden oder Gedichtbände zu schreiben, werden nun Ministerien leiten, werden im Vorstand der staatlich subventionierten Verlustindustrien sitzen. Dadurch wird aber die wirklich intellektuelle Elite Schwedens frei.

Natürlich wird ein Teil davon das Land verlassen, in immer rascherem Tempo, je nachdem, wie der öffentliche Sektor anschwillt. Man wird sich der armen, herzleidenden Bevölkerung in Houston/Texas widmen, man wird die armen, verwaltungsbedürftigen multinationalen Ölkonzerne verwalten, man wird sich für die armen Krankenhauspatienten in Zug und Basel einsetzen. All das ist längst bekannt und schon Wirklichkeit geworden. Aber wirklich interessant ist ja, was aus denen wird, die bleiben.«

»Meinst du«, sagte der Wirtschaftsprüfer. Er war ein großer Feinschmecker und Mitglied in verschiedenen Herrenclubs. Außerdem hegte er eine aufrichtige Bewunderung für seinen Freund in der braunen Villa. »Was wird denn mit ihnen passieren?«

»Die Intellektuellen werden zum ersten Mal seit dem siebzehnten Jahrhundert eine Klasse ohne persönliches Gewinnstreben sein. Wir werden eine Klasse von Wandermönchen, von Denkern, von Philosophen bekommen. Verstehst du nicht? Wir werden eine Überkapazität für die transzendente Welt bekommen! Wir werden *Kathedralen bauen,* glaub mir!«

Er war ein bißchen wunderlich in diesen Jahren. Im Herbst zuvor hatte er etwas erlebt, das er »seinen Zusammenbruch« nannte. Jetzt war es Anfang November, übrigens ungewöhnlich mild und freundlich für diesen Monat, er sprach sanft mit seiner Frau und hoffte, den Monat gut zu überstehen.

Nicht einmal zwei Tage später, als sie auf eine abscheulich gedankenlose Art, die wohl ziemlich typisch für Frauenzimmer ist, die Autotür genau vor einem Lastwagen aufgemacht hatte, der folglich die Tür mit allem Drum und Dran mitnahm, zu einem Werkstattpreis von ungefähr drei Tausendern, hatte er viele Worte verloren.

»Warum siehst du dich nicht um, bevor du die Autotür aufmachst?« fragte er ganz freundlich.

Er befand sich in einer seiner abgewandten Phasen und hatte keinen Spaß am Streit.

Noch gab es nur eine einzige Kathedrale in der Stadt,
und die Dohlen des Herbstes umschwebten sie noch
in gedankenverlorenen vorbereitenden Wirbeln.

2.

Niemand weiß genau, was ein Mensch ist.

Die Folterknechte des Mittelalters, geschickt, hartnäckig, sorgfältig, waren an diesem Rätsel gescheitert. Die Kliniker des achtzehnten Jahrhunderts, mit ihren Duschen, Wasserbädern, listig versteckten Fallen und Hindernissen auf dem Weg der Wandernden, das neunzehnte Jahrhundert mit seinen Zwangsjacken, Meister Freud mit seinen schlau ausgedachten Übertragungen und Ritualen, sie alle hatten ein Schlupfloch gelassen.

Hinter dem Menschen ist ein Dunkel, und beharrlich sendet es Signale aus, unvereinbar mit allem, was von ihm erwartet wird.

Die modernen Staaten versahen ihn mit einer Personenkennziffer, speicherten ihn in Datenbanken, organisierten ihn in Arbeitsbrigaden oder begeisterten ihn in Massenversammlungen, industrialisierten mit seiner Hilfe arktische Bergwerke, unter Berufung auf seine angeblichen trotzkistischen Abweichungen, machten ihn zu verkrüppelten Zwergen in tropischen Hungergebieten oder zu lallenden Alkoholikern in U-Bahnstationen mit der feuchten Kälte der Unterwelt und der schweren Last der Felsmassen.

Die Physiologen bohrten ihre Silberdrähte in ein Gehirn und beobachteten, wie es auf mikroskopisch kleine, ganz genau dosierte elektrische Ströme reagierte, sie ließen den Orgasmus sich als elektronischen Sturm auf dem Oszillographen abzeichnen, nicht unähnlich einem epileptischen Anfall.

Und all das unter der merkwürdigen Voraussetzung, man wisse tatsächlich, was ein Mensch eigentlich sei.

Dabei strömten unablässig von überallher Botschaften herein, die zeigten, daß man sich irrte.

Immerzu widerlegte der Mensch den idiotischen Glauben des Menschen, daß er seine eigene Tiefe kenne.

Es war im Herbst 1977 auf Jekyll Island, einer kleinen tropischen Insel mit ausgezeichneten Konferenzhotels vor der Küste von Georgia.

Ein mächtiges tropisches Gewitter zog in feinmaschigen Netzen über den gesamten Horizont.

Er stand an dem großen Kippfenster und sah, wie jeder Blitz den meilenweiten, blendend weißen Strand erleuchtete, wo man auf eigentümliche Krabben stoßen konnte, die seitwärts liefen, während er selbst seinen allmorgendlichen Geländelauf machte.

Und mitten im Regen stand ein alter Indianer und angelte. Er trug einen alten zerdrückten Strohhut, der mit Angelhaken gespickt war, seine Angelrute muß ganze drei Meter lang gewesen sein, seine weiten Hosen zeichneten sich sehr deutlich vor all dem Weißen ab.

Die Art, wie er ganz still und gelassen mitten im lauen Wirbel des tropischen Regens stand, unberührt von dem flammenden Himmel über ihm und dem tobenden, weißschäumenden Meer vor seinen zerfransten Hosen – all das machte den Zuschauer am Fenster froh.

Es kam ihm in den Sinn, daß tatsächlich niemand weiß, was ein Mensch ist.

Denn niemand hat je einen Menschen von außen gesehen.

Er wollte gern, daß das Mädchen zum Fenster käme und hinausschaute.

Sie war noch unentschlossen, ob sie wollte oder nicht. Sie war weich, sie war müde, sie war sehr warm: sie gähnte.

Sie hatte ihr Nachthemd wieder angezogen, ihr langes,

wahrscheinlich leicht getöntes blondes Haar hing über den schönen Spitzenkragen. Sie hatte kräftige, runde Schultern, die Brüste waren ein wenig schwer, wie so oft bei Amerikanerinnen, wenn sie in die Dreißiger kommen.

Er mochte sie sehr gern. Nur selten stellten sie einander Fragen. Er hatte sie in einer Bar in Jacksonville entdeckt – sie behauptete, frisch verwitwet zu sein.

Er machte sich weiter keine Gedanken darüber, wie es sich tatsächlich damit verhielte. Jedenfalls mußte er an einem Seminar auf Jekyll Island teilnehmen, es war im September 1977.

Niemand weiß, was ein Mensch ist.

Die Klimaanlage, die vorzüglich war, ließ ihn frösteln.

Er schlüpfte wieder zu dem Mädchen ins Bett.

Das Gewitter ließ zweifellos nach. Vorsichtig, ganz langsam, drückte er sein Gesicht immer tiefer in ihre Achselhöhle, die eine sanfte, feuchte Wärme und einen leichten Duft nach Niveacreme ausströmte.

(Vor Jahren hatte er, wie er sich erinnerte, von einem Mädchen in Griechenland erfahren, warum die Hälse und Schraubdeckel der Niveaflaschen ihre langgezogene, praktische Form haben, und er erinnerte sich, daß es ihn schockiert hatte.

Damals war er wohl noch leichter zu schockieren gewesen.)

Sie kam aus Houston. Eigentlich war sie ein sehr attraktives Mädchen. Wie üblich bei Amerikanerinnen unserer Generation brauchte sie lange zum Orgasmus, dann aber rollte er in langen, gleichsam dumpfen Wellen heran, Sturzwellen an einem fernen Strand, der so abgelegen ist, daß wenige Reisende sich wirklich Zeit genommen haben, ihn zu besuchen.

Ihm fiel auf, daß sie *geographisch unbestimmbar* war, auf eine Art, wie es in Europa nur Mädchen aus der Bundesrepublik sein können.

Sie war ein Mädchen ohne Dialekt, ohne Heimatort, es gab

keine Pfade, keine Bergrücken, die sie besser kannte als andere Menschen. Sie war das Produkt einer Welt mit austauschbaren Milieus, ein Motel wie das andere, die Rezeption der einen eleganten Agentur wie die andere.

In wie vielen derartigen Rezeptionen mochte sie nach dem College gesessen haben?

Ihm gefielen solche Mädchen: Wenn man hinter all dem Unpersönlichen, hinter dem Duft nach Niveacreme, der einen Dialekt ersetzte, hinter dem Wissen um eine bestimmte Art, sich zu geben, eine kühle Rolle zu spielen, all dem Wissen, das für die Menschen einer früheren Zeit das Wissen um eine Landschaft war, um ihre Labyrinthe und Möglichkeiten, wenn man hinter alledem zu dem Dunkel in ihnen fand – diesem Dunkel, welches das einzig Persönliche im Menschen ist –, konnte man überrascht werden von der ungeheuren Wärme, der Gefühlsklugheit, der Intuition für den tiefen Genuß, deren diese Mädchen fähig sind.

»Woran denkst du«, sagte sie, viel später in derselben Nacht.

»Daran, daß auf der Erde in jeder Minute zwanzig Hektar Wald abgeholzt werden. Hast du das gewußt?«

»Nein. Aber es wächst doch neuer Wald nach?«

»Komm und setz dich zu mir ans Fenster, dann erzähl ich dir was darüber. Aber zieh dir etwas an; diese Klimaanlage ist so kühl. Oder sollen wir das Fenster aufmachen und ein bißchen Wärme hereinlassen? Jetzt nach dem Gewitter gibt es keine Moskitos.«

»Okay.«

Das Seminar war recht interessant. Morgen würde der dritte Tag beginnen. Veranstaltet wurde es von einem Unternehmen mit Tochtergesellschaften in circa fünfzig Ländern, das eine Art gemeinsames Bezugssystem erarbeiten wollte, eine gemeinsame Terminologie für die Beschreibung der Konjunkturentwicklung in den jeweiligen Ländern.

Wer die Kontrolle über die Sprache hatte, der hatte bis zu einem gewissen Grad auch die Kontrolle über die Entwicklung, indem er kontrollieren konnte, wie die Probleme formuliert wurden.

Und unter allen Umständen war es besser, daß dies der relativen Objektivität eines multinationalen Konzerns überlassen wurde, als daß eine lokale Mafia, korrupte Parteien, machtgierige Volksbefreier es in die Hand bekamen, oder irgendein Innenminister, der im Begriff war, mit Hilfe der Geheimpolizei die Kontrolle über den Staat zu übernehmen.

Die Nuß, die man zu knacken hatte, war die offensichtliche Notwendigkeit von mehr als einem Beschreibungssystem. Man brauchte eins für die Hoffnungsvollen und ein anderes, schwerer zu formalisierendes, für die Realisten.

Morgen würden wieder die Diener mit ihren kleinen Elektrokarren zu den einzelnen abgesonderten Bungalows kommen, auf die das Hotel verteilt war, sie würden Bettwäsche und Frotteehandtücher wechseln und die eleganten kleinen Küchen saubermachen, die den Gästen zur Verfügung standen.

Und bestimmt würde das Mädchen genau wie an den Tagen zuvor nicht am Wasser, nicht am Meeresstrand sitzen (dort fand sie es viel zu wild und stürmisch), sondern am Swimmingpool unter den mächtigen, mit spanischem Moos überzogenen Hickorybäumen, sie würde dort auf einem Stuhl an dem lauen Swimmingpool sitzen, wo ein paar Familien mit ihren Kindern herumplanschten, würde dort den ganzen Nachmittag lang sitzen, friedlich in einen Science-fiction-Roman vertieft.

Es war wirklich ein anderes Ufer, von dem sie kam, eine jüngere Kultur, und das war ihm angenehm.

Sie gähnte laut und streckte sich nach seinem Glas, in dem Bourbon war, mit viel Wasser verdünnt (er mißbilligte diese amerikanische Unsitte, Alkohol und Erotik zu vermischen; der Alkohol konnte zu leicht dämpfend wirken und die Sensibilität mindern), und sagte:

»Wollen wir nicht lieber ein bißchen schlafen? Morgen ist schließlich auch noch ein Tag.«

»Okay.«

Er küßte sie mit echter Zärtlichkeit. Mit der gleichen Zärtlichkeit, mit der man einen uralten archäologischen Fund behandelt. Nur daß es mit ihr genau umgekehrt war.

Am Tag darauf würden wieder die gleichen schweren Lastkähne den Sund durchqueren, einer der Fernsehkanäle würde mit monotoner Beharrlichkeit über die Winde im gesamten Karibischen Meer berichten, mit minuziöser Genauigkeit würde alles registriert werden, was einen Zyklon ankündigen könnte.

Sie würde vielleicht doch ein bißchen am Strand entlanggehen, wenn Ebbe war, und nach dem schmalen Atemkanal der Schnecke suchen, die *Cornea purpurea* heißt und deren Innenseite von erlesenem Rosa ist.

Man konnte diese Schnecken in einem Topf Wasser in der Küche auskochen.

Sie fand das eklig und hatte es ihm überlassen; nun lagen schon einige davon auf der Anrichte.

Ihre purpurfarbene Innenseite sah aus wie ein allzu achtlos preisgegebenes Geheimnis.

3.

Zusammen mit dem stillen Professor Jantz aus Basel schlenderten sie, nur mit Badezeug bekleidet, den weißen Strand entlang.

Sie waren mehrere Kilometer geschwommen, aber dann hatte das Mädchen sich vor ein paar riesigen Rückenflossen einige hundert Meter weiter draußen erschrocken.

Nach Meinung des Professors waren es keine Haie, sondern Delphine.

Sie setzten sich alle drei auf einen silbrigen, vom Meer abgeschliffenen Baumstamm und sahen die Sonne langsam in einer dicken Wolkenbank im Nordwesten versinken, es mochte ein Gewitterzentrum sein, das gerade über der Karibik heraufzog.

»Das Jahr 1866«, sagte der Professor, ein leicht exzentrischer Spezialist für *public affairs,* der in diesem Herbst als Gastdozent in Harvard war, »das Jahr 1866 ist ein hartes und finsteres Jahr in der Geschichte Bayerns. Durch den verhängnisvollen Krieg gegen Preußen verliert Bayern endgültig die Hegemonie unter den deutschsprachigen Völkern.

König Ludwig der Zweite, endgültig aller Illusionen beraubt, jemals wirklich eine historische Rolle spielen zu können, beraubt auch der Freundschaft mit Richard Wagner, der nach der skandalumwitterten Affäre mit Cosima, der Frau des Kapellmeisters von Bülow, aus München vertrieben worden war, endgültig seines Glaubens an ein auch nur halbwegs normales Leben beraubt, seit seine Verlobung gelöst worden ist, König Ludwig der Zweite von Bayern kehrte seiner Hauptstadt den Rücken und läßt sich zunächst in dem alpinen Lustschloß Linderhof nieder, mehrere Jahre später dann in dem noch größeren, mit noch mehr verschwenderischer Pracht ausgestatteten Neuschwanstein.

Diese Schlösser sind deshalb so merkwürdig, versteht ihr, weil sie nicht Gebäude im üblichen Sinn sind. Sie sind *Abbilder* von Gebäuden, dreidimensionale Phantasien von einem Leben, das nie und nirgends gelebt worden ist.«

»So ähnlich wie Disneyland?«

»Ja. Aber in allem Ernst. In keinem dieser Schlösser gibt es einen normalen Waschraum, es gibt keine einzige Garderobe, nicht einmal einen wirklich funktionierenden Kamin.

Die Schlafzimmer des Königs sind Paradeschlafzimmer, in einem Fall Versailles nachempfunden, im anderen nach spanisch-romanischen Vorbildern gestaltet.

Das gesamte normale Leben, Küche, Toiletten, die ganze *Kulissenmaschinerie,* ist ins Kellergeschoß verbannt.

Nach und nach zwingt er die Diener, in Masken aufzutreten, wenn sie ihm aufwarten müssen; in Linderhof hat er einen Tisch in seinem Kabinett, der mechanisch in der Versenkung verschwindet, wenn die Mahlzeit beendet ist.

Überall gibt es Spiegel, Elfenbein, chinesische Vasen, die

wie Alpinisten auf hohen Barockregalen balancieren, unter Decken, an denen präraffaelitische Engel und Putten vor den Abendwolken Fangen spielen.

Aber vor allem Spiegel, Spiegel, versilberte Meisterwerke von Spiegeln, die jedem Zimmer unendliche Tiefe geben und den Stuck und das Gold wiederholen, bis einem schwindlig wird.«

»Ludwig hat also nie die Möglichkeit gehabt, in sein eigenes Leben hineinzukommen?«

»Mein Gott, Mädchen, was mußt du gelitten haben, daß du so klug bist«, sagte der Professor anerkennend. »Ganz genau! Er war eingesperrt in das Bild eines Lebensstils, eingesperrt in die allgemeine Vorstellung von einer Königlichkeit, einem Versailles, einem Artushof, für immer darin eingesperrt auf eine Weise, daß ihm nicht die geringste Möglichkeit blieb, König Ludwig zu sein.

Er ist sozusagen ein König, dessen ganzer Ruhm darin besteht, daß er versuchte, etwas anderes zu sein.«

»Mit einer einzigen Ausnahme vielleicht, wenn du erlaubst: die dunkle, stürmische Nacht am Ufer des Starnberger Sees, als er seinen Psychiater erwürgt und dann selbst in den Wellen verschwindet.«

»Das alles ist ein bißchen die Geschichte eines *Konsumenten,* nicht wahr?«

»Natürlich. Er verbrauchte Unmengen vom *Besten.* Den besten Marmor. Den schwarzen. Das beste Elfenbein. Das weiße. Blattgold. Nur versilberte Spiegel, Silberdrahtspiegel, durften es sein. Er beschäftigte natürlich Zehntausende von Handwerkern und hob das Niveau des gesamten bayerischen Kunsthandwerks.«

»Der erste Konsument? Der erste Vorstadtmensch? Der erste Inhaber einer *Diners-Club-Karte?* Der erste, der den konsequenten Versuch macht, im Inneren des Abbilds zu leben, statt ...«

»Ja, statt was?«

Letzteres sagte das Mädchen ganz überraschend. Sie war

damit beschäftigt, sorgfältig die Innenseite ihres rechten Oberschenkels abzusuchen, auf der Jagd nach etwas, das ein gefährlicher Moskitobiß sein mochte, vielleicht Malaria.

Ihre beiden Begleiter machte das äußerst nervös.

»Mach dir keine Sorgen, es stammt sicher von mir«, sagte er und legte ihr einen Arm um die Schultern. Im gleichen Moment hatte sie ihn schon abgeschüttelt.

Sie war ernstlich beunruhigt von diesem Gespräch.

»*Ein Konsument*«, sagte er. »Na schön. Meinetwegen, *einer, der im Inneren des Abbilds eines Lebensstils lebt* und also selbst gleichwertig mit Null ist. Aber schließlich gibt es auch noch andere Analysen.«

»Was für welche«, sagte Professor Jantz. (Er war immer noch ganz kribbelig wegen dieser Sache mit der Innenseite des weißen Oberschenkels. Es gab da einen feinen, goldenen Flaum, der gerade in diesem Moment deutlich sichtbar wurde, da die Sonne sich jetzt durch eine Lücke in der weitläufigen Wolkendecke hindurchgearbeitet hatte.)

»Oh, ich stelle ihn mir an einem kalten, dunklen bayerischen Herbsttag vor, wie er an dem bleigefaßten Fenster sitzt und auf zwei Täler und den fernen See hinausblickt und *weiß, daß er nichts Besonderes ist.* Das ist es natürlich, was ihn eitel, verträumt und prachtliebend bis zum Wahnsinn macht: Er ist der erste Wittelsbacher, der keine Eigenschaften hat.

Natürlich muß er beinahe untergehen, als Wagner ihn verläßt.

Da sitzt er und blickt auf das herbstliche Tal hinaus, das kaum noch belaubt ist. Der Himmel ist grau, die Meute der sorgfältig ausgewählten Spitze bellt im Hundehof, daß es bis hier herauf zu dem bleigefaßten Fenster dringt. Er sitzt an diesem Fenster und sieht eine Schar wirbelnder, schwarzer Krähen über das Tal ziehen, und er ist buchstäblich nichts ...«

»Was meinst du?« sagte das Mädchen. »Sollen wir nicht wieder zurückschwimmen? Ich habe Lust auf einen Drink.«

»Ich meine, vielleicht war das alles nur *eine Art, den November zu überstehen.*«

»Wie meinst du das jetzt?«

»Ich meine, *eine Art, den November zu überstehen*, ist schließlich in jedem Leben nötig. Es ist eine Kunstart, nicht wahr? Lieber Himmel, wie trivial war er doch, dieser bayerische König!«

4.

Professor Jantz hatte das Seminar aus einem ganz bestimmten Grund nach Jekyll Island verlegt.

Wegen seines Kreislaufs mußte er viel schwimmen.

Er war schon öfter hier gewesen: Er wußte ein Wasser zu schätzen, das bis tief in den November hinein eine Temperatur von über zwanzig Grad behielt.

Jeden Morgen ging er schon lange vor dem Frühstück schwimmen; seine Frau, groß, mager, sehr gepflegt, sehr still, leistete ihm dabei stets Gesellschaft.

Um elf, kurz vor dem Lunch, war es wieder Zeit zum Schwimmen. Und nachmittags dann noch mal eine genauso lange Strecke.

Diese deutsche Nation mit ihrer fanatischen Besorgtheit um die eigene Gesundheit, mit ihren Kreislaufstörungen, ihren Sanatorien, ihren Leberkuren, ihrer unablässigen Beschäftigung mit dem eigenen Körper, autoerotisch und doch unpersönlich, ging ihm manchmal auf die Nerven. Auf seinen Konferenzen und Reisen war er oft damit konfrontiert.

Was für eine Bedeutung das alles hatte, war schwer zu entscheiden.

Waren es irgendwelche subtilen Genüsse, denen man sich hingab? Oder war es der Preis, den man für etwas anderes zahlte, was nicht sichtbar war, der Preis für etwas jenseits der Autobahnen, der Mercedesse, der schönen weißen Ferienhäuschen im Tessin?

Schier endlos und einsam war der Strand, an dem man entlangschwamm. Jantz und seine Frau redeten beim Schwimmen anscheinend nie miteinander. Das amerikanische Mädchen war immer zu Scherzen aufgelegt, wenn sie im Wasser war, schwamm lange Strecken auf dem Rücken und zeigte auf die Pelikane weit draußen in der Brandung, die im Laufe des Tages immer stärker wurde.

Das Hotel war rasch verschwunden, bald sah man nur noch Strand, und eine Landzunge war wie die andere.

An einem dieser Tage hatten sie einen verwesenden Seehund gefunden: Er lag zwischen den Ufersteinen, von Fliegen umschwirrt, halb bedeckt von eigentümlichen tropischen Blutegeln, oder jedenfalls kamen sie ihm wie tropische Blutegel vor, ein großer, schwerer, verwesender Körper, der irgendwie ihre Aufmerksamkeit auf sich ziehen *mußte.*

Nachdem sie ihn gründlich betrachtet und sich über seinen Geruch entsetzt hatten, seinen richtig ekelhaften, anstößigen Verwesunsgeruch, den man nur hätte vertreiben können, wenn man diesen Körper auf einem Scheiterhaufen verbrannt hätte; das amerikanische Mädchen hatte sogar mit einem Stöckchen daran herumgestochert (und dabei entdeckt, daß er glatt durch das weiche Seehundfell ging, wenn sie es wollte), hatten sie den Rückzug angetreten, westwärts, hinunter zum Hotelstrand.

Seltsamerweise hatte keiner mehr richtig Lust zu schwimmen.

Der Strand war unglaublich vielfältig: Allein die Art, wie Wind und Sand die silbrigen Holzstücke formten, konnte die Phantasie stundenlang beschäftigen. Und die Schnecken im seichten Wasser mit ihren sonderbaren Rechts- und Linkswindungen, die sich manchmal in jeder nur denkbaren Hinsicht glichen, bis in die kleinste Einzelheit hinein, jeder Farbfleck identisch – aber, und das war ein Unterschied, der sozusagen den ganzen Unterschied ausmachte: die eine Schnecke war nach links gedreht und die andere unwiderruflich in die entgegengesetzte Richtung.

Als sei die eine durchs Universum gereist und schließlich zurückgekehrt an ihren Strand, um die andere zu treffen, die immer hier war.

Nach dem Lunch nahmen sie ihre Besprechungen wieder auf. Er verließ das amerikanische Mädchen – sie versenkte sich gerade in den vierten dicken Paperbackroman dieser Woche, frisch gekauft am Zeitungsstand in dem niedrigen, bungalowartigen Empfangsgebäude des Hotels und nicht zu unterscheiden von denen davor; sie schienen alle von derselben ungeheuren Leidenschaft zu handeln, die wie ein Passatwind durch sämtliche gleichdicke Paperbackromane der amerikanischen Zeitungsstände wehte.

Sie diskutierten also weiter, und ein total glatzköpfiger Herr aus New York referierte einen Aufsatz, der davon handelte, wie man in Zeiten der unberechenbaren Konjunkturschwankungen Methoden zur Beschreibung von Konjunkturen finden könne.

Das alles war verflixt vage und abstrakt, und er hatte schon seit einigen Jahren das Gefühl, daß solche Seminare nicht mehr lange abgehalten werden würden.

Man konnte die Wirklichkeit nicht aus der Wirklichkeit wegreden, und weder die gewaltsamen Krawalle in den Fernsehreportagen mal aus diesem, mal aus jenem Land der Dritten Welt, noch die heftig fluktuierenden Währungen ließen sich mit theoretischen Modellen von Expertenteams der fünfziger Jahre in den Griff bekommen, deren nur allzu einfache Aufgabe es war, die Folgen eines unverminderten Wachstums vorauszusagen.

In seinem hochindustrialisierten Heimatland hatte man kein Geld mehr, um im Winter ordentlich Schnee zu räumen, und keine einzige Arbeiterfamilie konnte sich noch Beefsteaks oder einen Braten leisten.

Der hochindustrialisierten Welt war die Luft ausgegangen, und hier saßen ein paar Leute an einem abgelegenen Strand und redeten. Während andere wegen ihres Kreislaufs schwimmen gingen und wieder andere in Paperbackromanen der großen Leidenschaft begegneten.

Morgen würde er mit dem amerikanischen Mädchen nach Jacksonville fahren. Ihr Flug nach Boston (weiß der Himmel, was sie in Boston vorhatte, aber dort wollte sie hin) ging sehr früh, und er würde den halben Tag mit einem Buch auf dem Flugplatz verbringen. Und das war ihm sogar ganz recht.

Er hatte das Gefühl, wenn er noch ein paar Tage allein bliebe, würde er in die Beziehung zwischen dem deutschen Professor und seiner stillen, diskret folgsamen Frau hineingezogen werden, hineingezwungen in so etwas wie die Rolle eines *Zeugen* zwischen zwei Menschen, die tatsächlich in einen subtilen Kampf auf Leben und Tod verstrickt waren, und diese Rolle als *Zeuge* würde ihn ablenken, quälen, seine Zeit für Wochen in Anspruch nehmen.

Auf dem Parkplatz vor dem Empfangsgebäude nahmen sie alle einen herzlichen, fast aufsehenerregend herzlichen Abschied voneinander.

Der Professor hatte die Absicht, noch zwei Wochen zu bleiben und seinen Kreislauf zu pflegen.

Es herrschte sehr wenig Verkehr auf der Landstraße, die meist durch Mangrovengehölze führte, nachdem er wieder aufs Festland gekommen war.

Er nahm einen leichten Abschied von dem amerikanischen Mädchen, als ihr Flug in Jacksonville aufgerufen wurde, sie winkte fröhlich mit ihrem Make-up-Koffer und ihrem noch nicht ganz ausgelesenen Paperback über die *Leidenschaft.*

Er mußte ganz einfach laut lachen – aus Freude darüber, daß so etwas möglich ist –, und mit leichten Schritten ging er zur Bar, um eine große Tasse Kaffee zu bestellen.

Ihm würde trotzdem noch Zeit genug bleiben, um zu Hause anzurufen und Bescheid zu sagen, daß er damit rechnete, in etwa achtzehn Stunden mit der Atlantikmaschine nach Hause zu kommen.

Er hatte das Gefühl, einen dieser Romane erlebt zu haben, aus denen nichts wird, einfach aus dem Grund, daß zwar alle Voraussetzungen da sind, keiner jedoch den Mut hat, die einzelnen Elemente in einen allzu engen Kontakt zu bringen.

5.

O diese Berge, die nur Mäuse gebären!

An einem Freitag im November kam er zurück und ihm war gleich klar, daß Schnee in der Luft lag: jeden Augenblick, so vermutete er, könnte es zu schneien anfangen; da war diese spezielle Trockenheit.

Er kam mit dem Drei-Uhr-Zug an; es war nicht nötig, ein Auto am Flugplatz Arlanda zu mieten, kein Grund zur Eile mehr.

Niemand war zu Hause, als er kam, also setzte er sich in die Küche, so daß er von der Auffahrt möglichst gut zu sehen war; falls seine Frau jemanden dabeihaben sollte, wenn sie kam, wollte er ihr die Möglichkeit geben, ihn zu sehen, um unangenehme Überraschungen zu vermeiden.

Statt mit einem Liebhaber aufzutauchen, blieb sie ganz aus. Stunde um Stunde saß er da, es rauschte ein wenig im Heizkessel, und er bekam Lust nachzusehen, was für Post gekommen war, aber bei näherem Nachdenken verging ihm die Lust wieder; es konnte ja doch nichts anderes dabeisein als Rechnungen und Einladungen zu neuen Kongressen, und die reizten ihn nicht mehr im geringsten.

Wenn er nur begreifen könnte, wo zum Teufel sie geblieben war!

Er überlegte ernstlich, ob er bei ein paar Bekannten und Verwandten herumtelefonieren sollte, verzichtete aber darauf.

Wie leicht macht man sich lächerlich.

Er kippte mehrere Whiskys und ging zu Bett.

Einzuschlafen war völlig unmöglich. Im Zwerchfell saß ein Schmerz, und das war nicht der übliche Ausdruck der Leere, es war etwas anderes, kein Weinen, Weinen wäre allzu kindlich gewesen, eher ein Weinen in seiner kristallisierten Form.

Gefühle haben eine eigene Nahrung, banalisiert zu werden, kurz bevor sie zerbrechen.

Er konnte nicht *zurückfinden* zu der Liebe, die er einmal für sie empfunden haben mußte – die Kleinigkeiten in der Küche, die Spuren ihrer Beschäftigung mit den Topfpflanzen am Fenster, sie mußte vor ganz kurzer Zeit weggefahren sein: das alles sagte ihm, daß er sie einmal geliebt haben mußte –, und statt dessen mußte er *etwas anderes* erfinden.

Genau wie Lucia in der Wahnsinnsarie in Donizettis Oper »Lucia di Lammermoor«. Man hat sie betrogen, in der Form einer trügerischen Liebe hat die ganze Welt, haben sogar die Winde und die Berge sie betrogen, und sie findet nicht zu ihrer Liebe zurück.

Sie findet statt dessen etwas anderes, etwas Lächerliches, etwas Parodistisches oder Banales. Einen Gassenhauer statt der großen Arie.

Und der hält natürlich nicht lange vor.

O diese Berge, die nichts als Mäuse gebären!

Der nächste Morgen war windstill, kalt, mit trockenem Schnee unter den Füßen. Gegen sechs war er eingeschlafen, und im ersten Schlummer fiel ihm ein, daß sie für zwei Wochen zusammen mit einer Freundin mit einer Charterreise auf Rhodos sein wollte.

Er zog Tennisschuhe, Trainingsanzug und Handschuhe an.

Er lief in die trockene Novemberluft hinaus, es war kurz vor einem neuen Schneefall, und er lief ruhig und rhythmisch und wußte nicht mehr, wovor er eigentlich flüchtete.

Das Mädchen mit der blauen Mütze

Es war keine gewöhnliche Schlaflosigkeit, sondern eher eine Beschädigung, eine Stelle, an der sein Schlaf ein für allemal einen Knacks bekommen hatte und die sich nicht mehr reparieren ließ. Er nannte es seinen »Schlafschaden«, und er wußte genau, wie und warum es entstanden war.

Das ist eine andere Geschichte.

Jedenfalls war es da, am stärksten im Dezember und Januar, in diesen Monaten war er stets müde und depressiv – er konnte auch allzuviel Dunkelheit nicht gut vertragen –, im Frühjahr weniger ausgeprägt.

Wer eine solche Lücke in seinem Schlaf hat, entwickelt natürlich mit den Jahren so etwas wie ein geheimes Leben.

Die schlaflose Stunde war wirklich völlig schlaflos: sie hatte die ganze schattenlose, labyrinthische Klarheit der totalen, absoluten Schlaflosigkeit, wie eine Wüstenstadt in Mexiko oder eine Hochebene in den Alpen, wo unaufhörlich ein unbarmherziges Licht herrscht.

Oder vielleicht wie einer dieser Science-fiction-Planeten, die zwei Sonnen besitzen; wenn die eine rot am Horizont versinkt, steigt die andere am entgegengesetzten Horizont auf und verleiht dem neuen Tag ein erschreckendes, bläuliches Licht.

Wenn er seine Wunde vernachlässigte, hatte das zur Folge, daß er bis zum Morgen schlaflos dalag und dann einen scheußlichen Tag erlebte, mit Kopfschmerzen schon am Nachmittag. Sie vernachlässigen hieß, der Sache eine allzu große Bedeutung beimessen. Wenn man sie nur wie die natürlichste Sache auf der Welt behandelte, konnte man gegen Viertel vor vier oder zehn Minuten vor vier spüren, wie die von fürchterlicher Klarheit ausgedörrte Landschaft sich wieder mit so etwas wie einem Wasser der Schläfrigkeit zu füllen begann, wie der sanfte Regen der Müdigkeit die steinigen, ausgetrockneten Bachbetten in der Landschaft der Seele füllte, und plötzlich befand man sich wieder unter den gewöhnlichen Menschen: Man schlief, tief wie ein Kind.

In dieser leeren Stunde konnte man verschiedene Dinge tun; das Wesentliche war, ihr unbarmherziges, trockenes Licht, ihre Wachheit zu ertragen.

Zu Hause hielt er sich streng daran, diese geheimnisvolle Stunde niemals zum Arbeiten zu benutzen. Probleme zu überdenken war gefährlich. Man stieß ständig auf neue. Romane zu lesen war unmöglich. Es bestand immer das Risiko, daß man den Roman interessant genug fand, um auch nach vier Uhr weiterzulesen.

Ideal war so etwas wie die *Encyclopaedia Britannica,* nicht die moderne, die vor allem ein Nachschlagewerk war, sondern die feine alte Ausgabe mit ihren langen, ausführlichen Artikeln über Dinge, die heutzutage kein Mensch mehr kannte, *kufische Münzen, Edwards Plateau.* Alles war recht, nur mußte es die elfte oder zwölfte Auflage sein. *Le Grand Larousse* war auch nicht übel.

Nun ist es allerdings nicht einfach, schwere Enzyklopädien in veralteten Auflagen durch die Welt zu schleppen.

Er war Experimentalphysiker und hatte Verträge mit verschiedenen internationalen Organisationen, vor allem solchen, die über große Forschungsausrüstungen verfügten; CERN in der Schweiz, dem Tokomakreaktor in der Universität von Texas, dem linearen Akzelerator in Stanford.

In der experimentellen Physik kann es oft ungefähr sechs bis acht Monate dauern, bis auch nur eine kleine Versuchsanordnung aufgebaut ist. Vergrößerungsgläser sind billig – Mikroskope schon etwas teurer, Röntgenkristallographie erfordert tagelange Vorbereitungen – *Vergrößerung ist kostspielig* und *die Kosten für eine weitere Vergrößerung wachsen logarithmisch an*, pflegte er zu seinen Kindern zu sagen, wenn sie sich ausnahmsweise mal interessiert zeigten. Für sie war die Atomphysik schon eine überholte Tätigkeit, zu einer Welt gehörend, die es sich auf keinen Fall noch lange würde leisten können, Väter in Flugzeugen rund um die Welt zu schicken, und es war auch nicht schade darum. Die Kinder selbst interessierten sich vor allem für Topfpflanzen, biodynamische Salate und Bach-Sonaten: Sie beschäftigten sich genau mit den Dingen, die in seiner Schulzeit als typische Mädchenhobbys galten.

In der Schlaflosigkeit der Hotelzimmer hatte er es sich zur Gewohnheit gemacht, Telefonbücher zu lesen. Sie waren immer zur Hand, ebenso wie die Hotelbibel, die er aus irgendeinem Grund stets mied wie die Pest. Aber die Telefonbücher waren unterhaltsam. Man konnte sehen, daß die Uhrmacher in Neu-Delhi trotz der Größe der Stadt auf ein Gebiet von etwa einem Quadratkilometer konzentriert waren. Man konnte sehen, daß es in Houston mehr *Olsens* als *Olsons* gab, daß es in Zürich von Leuten namens Dürrenmatt wimmelte, daß aber der richtige Dürrenmatt nicht im Telefonbuch stand.

Man konnte die statistische Verteilung der Menschen erkennen, oder sie besser gesagt erahnen, man konnte erkennen, wie austauschbar sie manchmal waren, wie weit der Grad an Diffusion, Entropie, Eigenschaftsgleichheit fortgeschritten war, und in fremden Erdteilen konnte man, fast wie die schwachen Nebelspuren in der Wilsonschen Kammer, die Spuren einer europäischen Vergangenheit sehen, die es nicht mehr gab. Die lettischen Namen im Telefonbuch von Chicago, die Erinnerungen an Lodz und Lublin in Manhattan, die letzten Spuren von General Vladkovs ukrainischer Rebellenarmee, die 1940 mit Hitler gemeinsame Sache machte und sich gegen die Sowjetmacht wandte, wie Wilsonsche Nebelspuren im Telefonbuch von Sydney – ukrainische Lebensmittelläden, ukrainische Friseure.

Jetzt war er in Göteborg, eigentlich um mit Professor Karl Erik Eriksson eine Angelegenheit des Forschungsrats zu besprechen, zugleich aber wollte er sich ein Segelboot ansehen, das in Kungsbacka aufgelegt war (es war Mitte Februar 1977). Ein Bekannter hatte ihn angerufen und ihn darauf aufmerksam gemacht. Schon lange hielt er Ausschau nach einem kleinen Segelboot, aber es war schwierig. Die Preise zogen mit einer solchen Geschwindigkeit an, daß das Boot jedesmal, wenn er eine größere Summe gespart hatte, schon wieder teurer war, als er es sich leisten konnte.

Er hatte eine ziemlich große Villa in Lidingö, was steuerlich nicht mehr ganz so lohnend war wie früher.

Mit dem kleinen, quecksilberigen, scharfsinnigen und skeptischen Professor Eriksson in Kontakt zu kommen, war keine Kunst gewesen, der Kerl mit dem Segelboot dagegen war absolut nicht ausfindig zu machen. Nach Angabe des Bekannten eines seiner Bekannten sollte er immer noch in Kungsbacka wohnen. Aber unter der Telefonnummer, unter der er zu erreichen sein sollte, jedenfalls noch im letzten Sommer, bekam er nur die Auskunft, dieser Anschluß sei gesperrt.

Ärgerlich an einer solchen Situation ist, daß man sich nicht gern nach dem Grund erkundigen mag. Hat der Kerl die Telefonrechnung nicht bezahlt, hat er Konkurs gemacht, oder ist er vielleicht gestorben?

Er wußte nicht, was passiert, wenn man nachfragt. Vermutlich bekommt man keine Auskunft.

Also hatte er bei denkbaren Verwandten des Bootsbesitzers Hans-Åke Ohlson herumtelefoniert und war dabei mit einem Jazzpianisten ins Gespräch gekommen, dann mit einem Dozenten für theoretische Philosophie, spezialisiert auf mittelalterliche, sogenannte *terministische* Logik, sehr nett und unterhaltsam, dann mit einer freundlichen Dame, deren Mann auf den letzten Überbleibseln einer der Schiffswerften dort oben arbeitete, kurz gesagt, lauter angenehme Leute, aber keiner darunter, der *Hans-Åke Ohlson* mit dem Boot auch nur im geringsten kannte oder etwas von seinem Verbleib wußte.

Hans-Åke Ohlson, mit *h* und einem *s*.

Jetzt war es tiefste Nacht, er wachte zwischen drei und vier Uhr auf und griff nach dem Telefonbuch, das in Göteborg zwei Teile hat, und da Teil Nummer zwei zufällig zuoberst auf dem Nachttisch lag, war er bald in den Buchstaben N vertieft. Überraschenderweise beginnen eine Menge von jugoslawischen Namen, besonders die kroatischen, mit *N*.

Als er gerade schon zu einem anderen Buchstaben übergehen wollte, stieß er auf *Ann-Marie Nöme*.

Dieser Name ist ja wirklich ungewöhnlich, klingt wie angenommen, wenn nicht in dieser Generation, dann in der vorigen, die noch ein snobistisches Interesse dafür hatte, wie man hieß. Das war es jedoch nicht, was seine Aufmerksamkeit erregte.

Am Ende der Realschulzeit und im ersten Jahr auf den Gymnasium hatte er ein Mädchen dieses Namens gekannt. Und er war absolut sicher, daß sie tot war.

Er hatte sie sehr gern gehabt, sie waren ein bißchen befreundet gewesen, ein blondes, ziemlich kleines, wenn ihn die Erinnerung nicht trog, sehr musikalisches Mädchen, sehr warm, mit einer großen Begabung fürs Küssen. Auf unbestimmte Art zerbrechlich. Oft besuchten sie damals zusammen die Schulbälle – es mußte im Winter 1952 oder 1953 gewesen sein; die Schulbälle einer Zeit, als es nicht ohne Dixielandband ging. Die Mädchen entweder in Kleidern oder in Pullovern und grauen, schwarzen, manchmal auch blauen Plisseeröcken. Damals drängte man sich eng aneinander, beschnupperte sich, könnte man sagen, ohne eigentlich besonders viel zu wagen.

Von seinen Klassenkameraden waren es nur wenige, die wirklich ein Verhältnis mit einem Mädchen hatten, und sie wurden rasch zu Helden.

Sie war reizend. Er sah sie im Schnee vor sich. Oft verabredete er sich irgendwo in der Stadt mir ihr. Aus irgendeinem Grund, der ihm entfallen war, mochte er sie nicht zu Hause bei ihren Eltern abholen; vielleicht hatte er Angst vor ihnen.

Deshalb sah er sie vor sich, wie sie wartend im frisch gefallenen Schnee dastand, in einem Wintermantel, vor einem Geschäft, einem Juwelierladen mit einer großen, schweren Uhr, die über dem Trottoir hing, ihrem üblichen Treffpunkt.

Woran sie gestorben war, wußte er nicht, erinnerte sich nicht daran oder hatte es nie gewußt.

An seine zwei oder drei Besuche im Krankenhaus dagegen erinnerte er sich. Sie war damals sehr mager, fast ausgemergelt, in einem Krankenhausnachthemd aus grobem Stoff, er wußte noch, wie rauh dieser Stoff sich an ihrem Handgelenk anfühlte, als er sich – jetzt mit leichtem Widerwillen – über das Kissen beugte und sie vorsichtig auf die Stirn küßte.

(Inzwischen hatte er das Gefühl, keinen einzigen Menschen mehr richtig zu lieben, nicht so, wie er Menschen in seiner Jugend lieben konnte. Und es war sicherer so.)

Jedenfalls: ein bleiches Märzlicht war auf sie gefallen, wie sie da lag, ziemlich mitgenommen, allein in einem Zimmer in dem alten, kasernenartigen Krankenhaus, das es damals noch in seiner Heimatstadt gegeben hatte, die Blumen, die er mitgebracht hatte, waren gelb, Osterglocken vielleicht. Viel war es nicht, woran er sich erinnerte. Doch, ein schwacher Geruch nach Chemikalien, ein Krankenhausgeruch, ihr schmales, gleichsam wachsbleiches Gesicht. Viele Krankenhausbesuche konnten es nicht gewesen sein.

In der Quantenphysik ist es eine grundlegende Annahme, daß nur ein beobachtetes Phänomen als Phänomen gilt.

Aber deshalb ist das Universum auch auf geheimnisvolle Weise von seinen Beobachtern abhängig, oder jedenfalls von ihrer experimentellen Ausrüstung. Laß zwei Ströme von Elektronen durch zwei schmale Spalten auf eine photographische Platte fallen. Du wirst ein Muster von Punkten bekommen, wo die Wellen aus den beiden Spalten einander verstärken, und leere Flächen, wo sie einander auslöschen.

Aber welche Elektronen aus welchem Spalt gekommen sind, wirst du niemals erfahren.

Das Unangenehme daran ist, daß dasselbe Universum einen Anfang und ein Ende haben muß.

Irgend etwas muß sich in diesem riesigen Trichter befinden, der von den Toren der Zeit umgeben ist, ihrem Anfang und ihrem Ende. Und kann nicht das, was darin ist, ganz einfach aus Disjunktionen, Alternativen, völlig verschiedenen Möglichkeiten bestehen?

Besteht das Universum aus seinen eigenen Beobachtern, seinen eigenen Versuchsanordnungen?

Besteht die Welt ganz einfach daraus, daß jemand sie beobachtet? Aber ohne Welt kann es keine Beobachter geben.

Ist der Mensch so etwas wie ein Sonnenreflex in stark bewegtem Wasser? Etwas, das unter einem bestimmten Winkel sichtbar wird, und unter einem anderen unsichtbar ist?

Niemand weiß, was ein Mensch ist, hat der geniale Pascal in seiner »Abhandlung über den leeren Raum« geschrieben. Denn im Unterschied zum Tier mit seiner nur begrenzten Vollkommenheit hat der Mensch unbegrenzte Entwicklungsmöglichkeiten.

In alle Richtungen?

Das Frühstück im Hotel hatte er nie besonders gemocht, vielleicht mit Ausnahme von schweizerischen Hotels mit ihren warmen Brötchen und ihren schweren, weißen, gemangelten Servietten. Oder die Hotels im amerikanischen Süden mit ihrem eigentümlich barocken Frühstück: Würste, Pfannkuchen, geräucherte Austern, Früchte in einer bunten Mischung, eine Welt wie bei Arcimboldo.

Dieses Hotel hatte das typische Hotelfrühstück: es gab vor, solide zu sein, gab vor, vornehm zu sein, und war dabei nur ein trockenes, künstlich fettes, uninteressantes Industrieprodukt. Er konnte kaum begreifen, daß es den Menschen der großen Konsumgesellschaften so schwerfiel zu erkennen, daß sie auch als Konsumenten betrogen wurden. Man redete ihnen ein, daß sie im Luxus lebten, aber in Wirklichkeit konnten ja unmöglich alle Leute Zugang zu wirklichen Qualitätswaren haben. Man lebte in einer Verpackungswelt, umgeben von Dingen, die so taten, als seien sie begehrenswert, ohne es zu sein.

Er war, auch als Staatsbürger, in ein Refraktionsmuster eingesperrt, in einen riesigen schimmernden Teppich von Sonnenreflexen, der verschwinden und nichts als Leere hinterlassen würde, sobald man den Beobachter nur ein paar Millimeter zur Seite rückte.

Es würde veschwinden wie ein Schwarm von Weißfischen, wenn der Schatten des Spaziergängers übers Wasser fällt.

Nach dem Frühstück bekam er telefonisch Nachricht, daß alle seine Vorhaben in Bewegung geraten waren. Hans-Åke Ohlson mit dem Boot hatte sich tatsächlich gemeldet. Er wollte nachmittags wieder anrufen. Und die Physiker würden mit ihren Vorschlägen heute nicht mehr fertig werden, sondern erst morgen. In seinem Zimmer sitzend, das *Svenska Dagbladet* auf dem Schoß, für einen Augenblick ganz leer, zog er das Telefonbuch wieder zu sich heran.

Entschlossen rief er *Ann-Marie Nöme* an.

Während er es klingeln ließ, wurde ihm das Wahnwitzige seiner Unternehmung bewußt.

Sagt man zu einer wildfremden Dame: Verzeihung, aber ich mache gerade ein Experiment; ich möchte herausfinden, ob Sie tot sind.

Oder ob Sie eine andere sind, die ich nicht kenne.

Neugierig genug, aufgekratzt und animiert von seiner eigenen Phantasie, kritzelte er die Adresse auf einen Zettel und nahm ein Taxi. Es war ein kalter Vorfrühlingstag mit absolut klarem Himmel, was in Göteborg nicht so oft vorkommt. Sie fuhren durch immer ruhigere Straßen, auf die Eichenwälder und die sanft gewellten Hügel und kleinen Seen in der Gegend des West-Krankenhauses zu.

Er hatte dem Taxifahrer absichtlich die falsche Hausnummer angegeben, damit er das letzte Stück zu Fuß gehen konnte. Er bezahlte, stieg aus und dachte: Die Idee ist natürlich verrückt, völlig idiotisch, aber sie wird mir ein bißchen frische Luft und Sonnenschein verschaffen, ein bißchen Kontakt mit der Natur. Es ist gut, große Bäume zu sehen, die noch kahl sind und Schnee in ihren Kronen tragen.

Der Schnee lag hier draußen viel höher und war viel sauberer, in ordentlichen Wällen an den Straßen entlang aufgetürmt, die Häuser klein und recht hübsch, die Bebauung hier und da von Parkanlagen unterbrochen – es war das, was man als ein gut geplantes und ästhetisch ansprechendes Stadtrandgebiet bezeichnet.

Während in der Innenstadt die Temperatur bei Null lag, mußten es hier ein paar Grad minus sein: die Kälte biß in die Wangen. So unterscheiden sich oft die Außenbezirke der Städte von ihrem Zentrum.

»Verzeihung, aber ich mache gerade ein Experiment.«

»Wie bitte?«

»Sie sind mit einer Person desselben Namens identisch. Und in diesem Fall sind Sie tot. Oder Sie sind eine andere als die, die tot ist, und dann leben Sie.«

Wie er auch hin und her überlegte, war es unmöglich, sich einen vernünftigen Anfang für ein solchen Gespräch auszudenken.

Mit zögernden, immer langsameren Schritten ging er die Straße hinunter. Wie kriegte man hier draußen ein neues Taxi?

Er schaute sich nach einem Telefonhäuschen um, und als er wieder aufsah, kam sie ihm entgegen.

Sie war es, ohne Zweifel. Jede Einzelheit stimmte, kein Mißverständnis war möglich, es sei denn, sie hätte eine jahrzehntelang geheimgehaltene Zwillingsschwester, ein Gedanke, den er ins neunzehnte Jahrhundert verwies.

Blond, kräftig, ein bißchen molliger, ein bißchen reifer als früher, mit roten Wangen, in einem schwarzen Pelz und mit einer blauen Strickmütze, kam sie zwischen den Steinpfosten der Gartentür heraus, bog auf seine Straßenseite ein und dirigierte mit kurzen, knappen Zurufen zwei starke, geschmeidige Labradorhunde vor sich her. Sie wirkten ungeheuer glücklich darüber, mit ihrer Besitzerin einen Spaziergang zu machen, und rollten sich ekstatisch im Neuschnee unter den Eichen des Parks.

Als sie sich immer näher kamen, schaute sie ihn kurzsichtig an, und für einen Augenblick stand ein Ausdruck des Erstaunens, halb wiedererkennend, fast verlegen nachdenklich, in ihren Augen.

Er löste dieses Problem für sie, indem er höflich den Hut hob und ihr das strahlendste Lächeln schenkte, das er zustande bringen konnte.

Sie erwiderte seinen Gruß ebenso herzlich und verwirrt und ging weiter die Straße hinab.

Auf dem Weg zur Bushaltestelle wurde ihm klar, daß er sich entweder am Anfang oder am Ende einer sehr starken Erzählung befand.

Er hoffte sehr, daß *Hans-Åke Ohlson*, der Herr, der ein Segelboot zu verkaufen hatte, heute auch noch aufkreuzen würde.

Das Große läßt sich nieder, wo es will

Er kam von einer der Katen ganz oben am Waldrand; von dort kommt zuweilen Seltsames.

Windschiefe Heuschober, manchmal mit einem Knick genau in der Mitte des Dachfirsts, kleine Kuhställe aus Schlackensteinen, die leerstehen, seit die Milchwagen für die schmalen Wege zu groß geworden sind.

Und der Weg in den Wald hinein; wie ein grünes Gewölbe. Als Junge spielte er zwischen Stall und Haus, und es war ihm strengstens verboten, hinter den Stall und in den Wald hineinzugehen.

Der Wald war sumpfig, Pilze aller Arten gediehen dort, wie üblich an Stellen, wo der Schatten lange liegenbleibt und wo verschiedene Bergarten sich mischen.

Es war ein ganz kleines Anwesen; er hatte zwei Geschwister, beide älter als er, um zwei und drei Jahre, einen Bruder und eine Schwester.

Seine erste Schule war der Holzschuppen; die Geschwister hielten sich oft dort auf und schnitzten ihre Schiffe und Autos. Sie übten sich an den Werkzeugen. Er selbst hatte Angst davor, vielleicht nach ein paar mißglückten frühen Versuchen, Angst vor den scharfen Schneiden des Stemmeisens, die einen in den Fingernagel schneiden konnten wie ein Messer in die Butter, vor den Beilen und den großen Zimmermannsäxten mit blankgewetzten Stielen, und am meisten vor den Sägen, die in einer langen Reihe an ihren Nägeln hingen, vor den großen Holzfällersägen mit ihren Bügeln und Griffen bis hin zu den Fuchsschwänzen, den Tischlersägen mit ihren Spannpflöcken, die so lustig knirschten, wenn man sie lockerte, diese Fuchsschwänze, die blöderweise »Fuchsschwänze« hießen, obwohl sie nicht das geringste mit Fuchsschwänzen zu tun hatten – die Erwachsenen dachten sich so komische Namen für ihre Sachen aus, das war ihre Besonderheit, und sie hatten ein *Recht* auf alle diese Namen, das er nicht hatte. Er lachte immer verlegen und verdrückte sich in irgendeine Ecke, wenn die Geschwister versuchten, ihm die Namen beizubringen.

Das war ihre Sache: Schrotsägen, Lochsägen. Der alte Holzhammer aus Weißbirke, der dazu diente, Zaunpfähle in den Boden zu rammen, zusammengestaucht von zehntausend Schlägen von Holz auf Holz, unmöglich zu heben.

Und majestätisch hing über alledem die Eissäge, die man auf keinen Fall herunternehmen durfte, ein grausamer Riese mit Drachenzähnen, eine Vergrößerung von all den anderen Sägen, grausamer als sie, aber auch schweigend, abwartend, niemals benutzt.

Zuweilen träumte er von den Zähnen all dieser Sägen.

Manchmal bekam er Prügel, keine schlimmen, aber immerhin Prügel, wenn er vom Holzschuppen zurückkam, mit Schrammen und tiefen Wunden von den Werkzeugen. Man fürchtete, er könnte sich ernstlich verletzen. Man wollte ihn von den Werkzeugen fernhalten.

Die Geschwister aber, die damit umgehen konnten, durften sie benutzen. Das gab ihm das Gefühl, daß auch die Wörter nur ihnen gehörten.

Es kam auch vor, daß sie unmögliche Scherze mit ihm trieben. Sie schickten ihn los, um Dinge zu holen, die es nicht gab, »Augenmaß« zum Beispiel.

So hatte er das Gefühl, es bliebe immer unsicher und in der Schwebe, welche Dinge es auf der Welt gibt und welche es nicht gibt. Offenbar war der Gebrauch der Wörter schwieriger, als man es sich vorstellen konnte.

Sie lachten immer lauthals, bogen sich vor Lachen, wenn er mit leeren Händen zurückkam, oder wenn sie ihn auf der Jagd nach unmöglichen Gegenständen bis in die hinterste Ecke des Stalls gelockt hatten.

Im Grunde bestimmte nur der Starke, wozu die Wörter gebraucht werden sollten.

Da war es mit den Pilzen besser. Sie brauchten keine Namen. Dafür hatten sie Düfte, starke erdige Düfte, den Duft von moderndem Laub, von erhitztem Eisen, von oxydierendem Kupfer, manche rochen wie verwesende Tiere und andere hatten geheimnisvolle Düfte, die es nirgendwoanders gab.

Und die Formen: die meisten waren rund, aber jeder auf eine andere Art; manche mit einer Vertiefung in der Mitte, als sei die ganze Masse einst mit ungeheurer Geschwindigkeit um einen Mittelpunkt rotiert und dann erstarrt, manche mit Einbuchtungen, Wellenformen, manche mit hohen, schmalen Schäften, manche mit einer Manschette, manche mit feingestaffelten Blättern unter dem Hut, so zart, daß sie bei der geringsten Berührung zerkrümelten. Und manche mit einem Orgelwerk von feinen Pfeifen. Manchmal mit Schleim bedeckt, der die Hand rasch zurückzucken ließ, manchmal trokken, braun, freundlich unter den Fingern, als hätten sie den Sonnenschein aufgesogen und speicherten ihn noch als geheimnisvolle Kraft unter der Haut.

Und dann diese merkwürdigen Gebilde, die im Spätherbst kamen und wie Pilze dufteten und doch nicht wie Pilze aussahen, sondern wie etwas anderes: ein kleiner roter Finger, der sich zwischen zwei Steinen hochtastet, ein eigentümlich fester Butterklecks, auf einem Preiselbeerblatt vergessen, etwas Unbeschreibliches, Graues, das in den Spalten eines modernden Baumstamms gärt und wuchert und sich windet.

Er spürte eine Ähnlichkeit, eine Freundschaft zwischen sich und diesen kühlen Dingen ohne Namen, die sich Tag für Tag veränderten und bald wieder als unbestimmte Klumpen von zerfallendem Leben im Moos verschwanden.

Wenn man ihm verbot, zu den Pilzen zu gehen, traf ihn das mehr als das Verbot, zu den Werkzeugen zu gehen.

Der Herbst, in dem er sieben Jahre alt wurde und mit der Schule anfangen sollte, wurde zur Katastrophe.

Es war eine kleine Schule, unten am See, ein einziger Lehrer, ein einziges Klassenzimmer, und der Lehrer ein kleiner stämmiger Mann mit Goldrandbrille und starken, kurzen Händen.

Noch Jahrzehnte später erinnerte er sich mit Wohlgefallen an die breiten, dicken Fingernägel des Lehrers. Sie sahen aus wie diese Dinge, die es wirklich gibt.

Er sollte lesen lernen, und der Lehrer war freundlich und hilfsbereit, saß lange auf einem Stuhl neben ihm, roch nach fremden Düften, nach Tabak und Palmolivseife.

Die Buchstaben waren leicht zu unterscheiden, aber er brachte aus ihnen keine Wörter zustande. Sie wollten nicht reden.

Das war nicht so verwunderlich. Er hatte ihnen ja keine Wörter entgegenzusetzen, nichts, was er ihnen vorhalten konnte. Überhaupt nichts. Er versuchte sie abzumalen, und es wurden Pilze daraus.

Es war ganz selbstverständlich, daß er in den Pausen für sich blieb, mit einem Stöckchen im Kies stocherte, während die Geschwister mit ihren Kameraden spielten.

Es gab nichts, was nicht selbstverständlich war, nur konnte er nicht begreifen, was er in der Schule lernen sollte. Sie war voller Lärm. Es störte ihn, so viele Kinder auf einmal miteinander lachen und herumschreien zu hören.

Er sehnte sich nach Hause, und als der Nachmittag kam, strich ein Wind durch die großen Eschen vor dem Schulhaus.

Die Bäume freuen sich so, dachte er, wenn der Wind kommt. Dann kriegen sie was zu tun.

Er war eigentlich nur eine Woche in der Schule.

Später erinnerte er sich daran als den Ort, wo er zum ersten

Mal einen Duft spürte, der ihm dann vertraut werden sollte: den Geruch nach Scheuersand und Desinfektionsmitteln, den Duft der Kliniken, den Wartezimmergeruch bei den Bezirksärzten, hier schwächer und da stärker, aber immer derselbe, nur in verschiedenen Variationen: *den Duft derer, die etwas von ihm wollten.*

Das Mittagskonzert und die Stimmen im Radio. Die Stimmen im Radio wurden später wichtig für ihn; sie bestätigten ihm, daß er immer noch da war, sie umschwebten ihn, besonders zur Mittagszeit, heiter, manchmal überredend, Stimmen, die die Luft erfüllten, Musik, die die Luft erfüllte und die nichts von ihm wollte.

Das war später. Nachdem sie ihn geholt hatten. An einem Nachmittag im Herbst kamen sie ihn holen; die Eltern waren offenbar völlig einverstanden, die Mutter im Sonntagskleid mit einem Pappkoffer, der mit einer Schnur umwickelt war (im Lauf der Jahrzehnte sollte er ihn ein ums andere Mal wiedersehen, bis er schließlich eins mit der Mutter wurde), ein Krisenzeittaxi mit leise brodelndem Holzvergaser hinter sich, Autokrankheit und Erbrechen auf dem Weg zur Stadt.

Dann das Haus, groß, weiß, hinter Bäumen und Maschendraht. Und der Geruch derer, die etwas von ihm wollten.

Ganz neue Gerüche. Die Schwestern in ihrer Tracht mit hohen Kragen und mütterlichen Schürzen, oft ein bißchen ältere, rundliche, handfeste Frauen, hatten einen anderen Geruch. Das Essen roch anders, war anders, mehlig, matschig, dünnflüssig, nasser als daheim im Wald. Gegessen wurde in einem gemeinsamen Speisesaal unter schrecklichem Geklapper und Geklecker. Einige seiner neuen Mitschüler hatten Mühe, den Löffel zum Munde zu führen. Manche ließen das Essen aus den Mundwinkeln laufen.

Er hatte Angst vor ihnen.

Sie taten ihm nichts. Die meisten bewegten sich langsam, manche waren so tief in ihren eigenen Welten versunken, daß nichts sie hätte stören können.

Sie alle waren so weit von der Sprache entfernt, von der Sprache der anderen, von den fremden Sprachen, daß sie nichts hatten, worüber sie hätten in Streit geraten können.

Sie existierten im gleichen Lebensraum, und das Essen reichte für alle.

Das Essen war wichtig: es war ein mütterlicher Strom, ein einladender Duft, eine Verbindung zu der anderen Welt, die nicht aus Verboten bestand.

Die Entdeckungen brauchten ihre Zeit.

Im ersten Herbst war er zu versteinert, um irgend etwas davon wahrzunehmen. Er vermißte noch seine eigene Welt, den Holzschuppen, seine Pilze, den Duft der Milch, wenn sie noch warm im Stall durchgeseiht wurde, die lustigen nassen Schnauzen der Schweine, die stets lehmigen Schnüre ganz oben an den Stiefeln des Vaters, die taktfest um den Stiefelschaft schlenkerten, wenn er morgens hinausging.

Er vermißte eine Welt.

Er fand eine Spinne unter seinem Bett, mit der er in aller Stille abends zu spielen pflegte, bis er sie eines Abends aus Versehen zerpflückte, Bein für Bein.

Er war einfach zu neugierig darauf zu sehen, wie sie gemacht war.

Der Junge im Nachbarbett war unförmig dick, machte regelmäßig ins Bett und weinte im Schlaf. Sobald sich ihm die Gelegenheit bot, formte er kleine Kugeln aus Papier und aß sie auf. Manchmal riß er sie aus vergessenen Zeitungen im Tagesraum oder aus einer Tüte, die jemand auf einem Tisch in der großen, dunklen Halle liegengelassen hatte. Er riß die Tapete neben dem Türrahmen ab, bis jemand ihm sagte, das dürfe man nicht tun.

Diesen Jungen fütterte er manchmal mit Papier. Es war lustig zu sehen, wie schnell es verschwand.

Mit dem Jungen im Bett auf der anderen Seite war nicht viel anzufangen. Er war ganz still.

Doch die Tapete, besonders morgens, mit ihren verblichenen blauen und rosa Linien, die Tapete war fast das erste, was ihn tröstete. Die Linien kreuzten und trennten sich wieder, sie bildeten Formen. Man konnte Bäume daraus machen, große, verschlungene Bäume, mit Ästen, die sich verzweigten und verzweigten, bis hinauf zur Decke.

Man konnte einen Baum einen anderen abbilden lassen, so daß zwei Spiegelbäume einander an jeder Wand gegenüberstanden, der eine im Schatten, der andere in der Sonne.

Er konnte morgens so lange daliegen und Bäume bauen, daß sie dachten, er sei krank.

Als er gerade einen Baum machte, der sich in sich selbst hinein abbildete, kam die Schwester und scheuchte ihn aus dem Bett. Neugierig musterte sie das Laken.

Er gehörte zu denen, die sich selbst wuschen. Er hatte die Gewohnheit, lange am Zelluloidstiel der Zahnbürste zu lutschen.

Das schlimmste waren die Knoten in den Schnürsenkeln. Der Knoten war ein böses kleines Tier, durch das der Schnürsenkel hindurchlief. Schnürsenkel und Knoten waren nicht dasselbe, denn man konnte denselben Knoten mit vielen verschiedenen Schnüren machen.

Seine Knoten waren immer maßlos kompliziert.

Der Frühling kam, und plötzlich, von einem Tag zum anderen, wurden sie alle nach Hause geschickt. Es war im April 1940, und das Haus wurde für etwas anderes gebraucht.

Die Mutter kam und lobte ihn und sagte, er sei gewachsen.

Sie trank mit den Schwestern Kaffee, und es klang, als sprächen sie mit verstellten Stimmen.

Zu Hause war Schneeschmelze, die Geschwister waren viel mehr gewachsen als er, und das alte Pferd war gestorben und lag neben seiner Weide begraben.

Er hatte es nie gemocht. Es hatte große, gelbe, bedrohliche Zähne, und im Zwielicht des Stalls warf es den schweren Kopf auf eine Art, die ihn erschreckte.

Es war weg, und das war gut so.

Nach einer Woche zu Hause wäre er beinahe in einem Bach ertrunken, als er auf dem losen Eisrand neben einem Wasserfall zu weit hinausging, und bekam eine tüchtige Tracht Prügel.

Der Bruder zog ihn heraus, einer seiner roten Stiefel blieb im Schlamm stecken, und der Bruder stocherte lange mit einem Zaunpfahl nach dem Stiefel, während der Junge zitternd danebenstand. Er weinte, weil er wußte, daß das Schlimmste noch bevorstand.

Das Wasser brannte noch in der Nase; Wasser, das man weit in die Nase hochzieht, hat eine merkwürdige Fähigkeit zu brennen.

Der erste Huflattich blühte neben seinem Fuß, der schwer von Lehm war. Ihm tropfte die Nase, er bibberte vor Kälte, die dünne Latzhose roch feucht, faulig vom Wasser des Bachs; er stand ganz still und frierend da, und irgendwo war ihm jemand eine grenzenlose Liebe schuldig.

Von Pilzen keine Spur im April.

Im Frühjahr 1945, gerade als der Zweite Weltkrieg zu Ende war, lernte er zu onanieren.

Er glaubte, eine phantastische Entdeckung gemacht zu haben: er konnte sich selbst überraschen.

Er rieb dieses zunehmend pilzartige Ding mit Vorliebe an der rechten Bettkante und grübelte über seine Tapetenbäume nach, ging immer tiefer in sie hinein und hatte es viele Male mit wachsender Lust getan, mit einer Spannung, einem Gefühl, die Welt würde *dichter* so, als er zum ersten Mal entdeckte, daß es ein Ende gab. Beim ersten Mal erschreckte ihn das: sein Körper wußte etwas, von dem er selbst nicht wußte, daß er es wußte. Sein Körper konnte etwas, das er ihm niemals zugetraut hätte.

Wie viele solcher Geheimnisse hatte er noch? Wie viele solcher geheimer Winkel konnten sich noch darin auftun?

Und war er der einzige auf der Welt, der es konnte?

Es war, in gewisser Weise, der glücklichste Frühling seines Lebens.

Man machte ihm klar, daß er etwas Verbotenes tat, besonders die älteren Schwestern, die sich demonstrativ davor *ekelten*. Aber man war nicht allzu streng. Es gehörte dazu.

So hatte er schließlich sich selbst zum Spielgefährten, zum Spiegel bekommen. Er war nicht mehr allein. Er begann zu wachsen, wurde richtig groß. Spiegel und Spiegelbild wuchsen zusammen und waren nicht mehr voneinander zu trennen. Und trotzdem führten sie ihr heimliches Zwiegespräch. Die Bäume in der Tapete bekamen Tiefe.

Zu dieser Zeit, ungefähr zwischen 1945 und 1950, war er sehr nahe daran, zu einem Erwachen zu kommen.

Er wurde in ein anderes Zimmer verlegt – ohne Tapeten –, er stand in der Tür des Werkraums und beobachtete interessiert die Jungen, die tischlern konnten.

Dann kam ein neuer Werklehrer, ein magerer, hoch aufgeschossener junger Mann mit sanften braunen Augen, der ihn zunächst mit aufräumen und die Bretter im Holzvorrat sortieren ließ und sich nicht darum kümmerte, wenn die älteren Schüler über ihn lachten.

Die Sägen und Stemmeisen durfte er nicht anrühren, aber er durfte beim Abschmirgeln helfen und die Schraubzwingen halten, wenn sie an den Werkstücken festgespannt wurden, an denen der Leim noch von der Hitze des Topfes brodelte.

Der neue Lehrer – seinen Namen konnte er nie behalten – war fast genauso schweigsam wie er selbst. Er bewegte sich mit ruhigen, entschlossenen Schritten zwischen den Werkzeugschränken und den Hobelbänken, hielt die Farbtöpfe und den Holzvorrat in Ordnung. Er sah ihm stets in die Augen, wenn er ihm den Auftrag gab, ein Brett zu tragen, einen Fußboden zu kehren, er sah ihm in die Augen und bestätigte damit, daß es ihn wirklich gab. Wenn er ihm einen Eimer mit Sägespänen zum Ausleeren herüberreichte, war das ein lebendiges Zeichen, das ihm sagte, daß es ihn gab.

Die Schüler in dieser Werkstatt waren sehr verschieden,

auch in unterschiedlichen Altersstufen. Sachen passierten dort, die ihn ein bißchen erschreckten, ihm aber genausoviel Spaß machten. Unbeholfen wie die Kälber trabten die größeren und kleineren Jungen umeinander herum, foppten und balgten sich. Es gab lustige und böse Streiche, Leimtöpfe im Haar und Bretterstücke, die am Boden festgenagelt waren, wenn man sie aufheben wollte.

Es störte und ängstigte ihn, sobald es gegen ihn selbst gerichtet war. Das Lachen war etwas, das man ihm aufzuzwingen versuchte. Das Brett auf dem Boden war eine Überraschung, die gegen jemand gerichtet war, von dem man wollte, daß er es sei. Damit man was zu lachen hatte. Aber er war ja gar nicht da.

Der neue Lehrer verstand so etwas abzuwiegeln. Mit ruhiger Hand, ohne harte Worte, trennte er die Streitenden, wenn die Jungen aneinandergeraten waren und sich mit festem Griff an den Haaren um eine Hobelbank herumschleiften. Geduldig führte er vor, daß man ein Brett nicht von beiden Seiten hobeln kann, ohne die Fasern aufzureißen. Er duldete keinen Schmutz unter seinen breiten, kurzgeschnittenen Nägeln.

Er war, in gewisser Weise, der Mittelpunkt der Welt.

In einer Welt, die keinen Mittelpunkt hatte, herrschte er wie ein stiller Fürst, zu selbstverständlich, um jemals seine eigene Ordnung bedroht zu sehen, zu reich, um etwas von den Armen zu verlangen, im Chaos ein Abgesandter einer Ordnung, die so erhaben war, daß sie sogar die Notwendigkeit der Unordnung akzeptieren konnte.

Es gab welche, die in die Eimer mit Sägespänen pinkelten, wenn sie es nicht mehr bis zu den Wasserklosetts hinter dem Haupteingang schafften.

Sie mußten es selbst wegmachen, aber es fiel kein hartes Wort.

Mit den Schwestern war es ein wenig anders. Gespalten zwischen Ekel und Mütterlichkeit, oder eingesperrt in eine Mütterlichkeit, die zugleich Ekel war, sorgten sie für eine ständige Unruhe.

Sie rochen anders. Ihre dicken weißen Unterarme, nicht selten ein bißchen rotgefleckt, faszinierten ihn, und oft versuchte er sie zu berühren, wurde aber sanft weggeschubst. Er war »im Weg«, wie es hieß.

Er ahnte große Geheimnisse in ihnen, witterte, daß er nur einen kleinen Ausschnitt von ihrem Leben sah, konnte es aber nicht formulieren.

Sie wechselten oft, so oft, daß es unmöglich war, ein Gesicht in Erinnerung zu behalten: wie die Jahre vergingen, glitten alle ihre Gesichter zu einem einzigen zusammen, und das war sanft und stumm.

Auch er selbst glitt fort. Der Werklehrer ging nach ein paar Jahren weg: die Werkstatt wurde geschlossen, da die Schüler, die dort gearbeitet hatten, in eine andere Anstalt umzogen. Es waren ziemlich viele, die fortgingen; nur die Hoffnungslosen blieben.

Der Verkehr draußen auf der Landstraße nahm in diesen Jahren immer mehr zu. Im Frühjahr 1952 geriet ein mit Getreide beladener Lkw von der Fahrbahn ab, als er einem Jugendlichen auf einer Husqvarna 125 Kubik ausweichen wollte, der Anhänger rutschte an der viel zu losen Bankette ab und kippte durch die Hecke in ihren Garten.

Der Fahrer kletterte ziemlich benommen heraus und sah zwei Jungen mit Wasserköpfen, die sich wie kleine Seehunde in dem gelben Korn wälzten, das den ganzen Graben füllte.

Er glaubte, er sei in eine andere Welt geraten.

Die Bergung ging schnell vonstatten, aber noch wochenlang schaufelten sie Weizen aus dem Graben, spielten damit, füllten sich die Taschen. Die Schwestern fanden Weizen unter den Betten, in den Kopfkissenbezügen, überall.

Es war eine geheimnisvolle Gabe, und sie kam von draußen.

Für lange Zeit war dies das letzte wirklich große Ereignis. Seine Sinne schliefen: es gab nichts, was sie stark genug in Anspruch genommen hätte. Er lebte für die Mahlzeiten und wurde in den Dreißigern grotesk dick. Die blauen Latzhosen mit ihren Trägern mußten in den Nähten herausgelassen werden.

Der Verkehr auf der Straße nahm immer mehr zu. Er wurde jeweils hinübergebracht, wenn er sich an den Apfelbäumen jenseits der Straße betätigen sollte. Er war zu keinem großen Nutzen. Meist ging er mit seiner Harke herum, und nicht selten harkte er unter einem einzigen Baum, bis die Erde ganz aufgekratzt war und ein lachender Aufseher kam und ihn zum nächsten Baum brachte.

Er hatte eine tiefe Angst vor der elektrischen Bodenfräse, die 1956 angeschafft wurde: Einer der angestellten Gärtner war in diesem Frühjahr mit dem Fuß hineingeraten, und es sah furchtbar aus, lose baumelnde Zehen, strömendes Blut, aber das erschreckte ihn nicht, sondern vielmehr seine hilflosen Schreie, als alle angerannt kamen. Seitdem weigerte er sich im Garten zu bleiben, wenn die Fräse in Betrieb war, und rannte quer über die Straße zum Heim zurück. Sie ließen ihm seinen Willen.

Diesen Schrei wollte er nicht noch einmal hören.

Er hatte noch eine andere Eigenart, die die Männer in der Gärtnerei belustigte: er hatte Angst vor Vögeln.

Nicht vor Vögeln im Flug, nicht vor den Zügen der Wildgänse und Kraniche oder vor den Turmschwalben, die an den Sommerabenden hoch oben in der Luft herumjagten.

Ihn erschreckten Vögel, die plötzlich aus Büschen aufflogen. Spatzen, die aus einem frischgemähten Feld aufflatterten, konnten ihn völlig außer sich geraten lassen vor Angst; noch als Dreißigjähriger rannte er in solchen Situationen trotz aller Verbote bis in die Küche hinein und redete unverständliches Zeug.

Freundliche Schwestern versuchten dann, ihn mit einem Stück Hefekuchen zu trösten: oft saß er noch lange zitternd und verkrampft da, bis die Angst langsam nachließ.

Er hatte keine Worte für die Welt, und Vögel, die plötzlich aufflogen, waren eine von den tausend Arten der Welt, sich *unzuverlässig* zu zeigen.

Der Vogel war nicht etwas, das durch die Welt flatterte, der Vogel war eine Ecke vom Tuch der Welt, das den Halt verloren hatte und zu flattern begann.

Natürlich löste das Angst aus, doch es war auch befreiend: der Traum, den er träumte, würde ein Ende haben.

Ende der fünfziger Jahre starben die Eltern. Niemand versuchte es ihm zu erklären, und er wußte nicht, in welcher Reihenfolge sie starben und wann, aber als er sie mehrere Jahre nicht gesehen hatte – die Mutter kam regelmäßig zweimal im Jahr zu Besuch und hatte stets Süßigkeiten und Äpfel dabei, angstvoll viele Äpfel, als sei der Mangel an Äpfeln sein Problem –, begann er sich auf unbestimmte Art nach ihnen zu sehnen, ungefähr wie man sich plötzlich nach Senf oder Honig sehnen kann oder nach einer bestimmten Mehlsoße mit einem schwachen Beigeschmack von angebranntem Speck.

Deutlicher als an sie erinnerte er sich an den Hof, das Pferd, den Holzschuppen; von den Eltern war nur noch das Geräusch übrig, wenn sie im Winter die Haustür zumachten und sich den Schnee von den Schuhen stampften.

Doch es war ein wichtiges Geräusch. Es bedeutete, daß die Lampen angezündet werden würden und daß die Atmosphäre im Zimmer sich verändern würde.

Gegen Ende September in jedem Jahr hat das Epilobium, das Weidenröschen, keine Blüten mehr, aber seine Samenkapseln treiben im Wind, selbst bei kleinsten Temperaturschwankungen rhythmisch steigend und fallend, wenn sie in einen Hof hineingeraten. Und legen sich schließlich zurecht, in flüchtigen Häufchen, die der Wind ebenso leicht wieder mitnehmen kann.

So war es im September dieses Jahres, 1977.

Er saß im Aufenthaltsraum des neuen Heims, ganze hundert Kilometer von dem alten entfernt, das 1963 abgerissen worden war.

Am Fenster war sein Lieblingsplatz. Draußen gab es einen asphaltierten Hof, ohne Bäume, ohne Blumen, nur mit einem welken Beet neben der Einfahrt und den drei Parkplätzen.

Hier herein trieben die Samenbüschel des Weidenröschens. Es war so ein Septembertag, an dem die Luft *ganz stillsteht und wartet.*

Unförmig saß er in seinem Lehnstuhl; er quoll über die Kanten hinweg. Seit zehn Jahren oder länger war er ganz leer.

Die treibenden Samenkapseln, unwirklich leicht, folgten Winden, die so geringfügig waren, daß niemand sie wahrnehmen konnte.

Langsam wanderte der Schatten der Gardine über den gebohnerten Fußboden des Aufenthaltsraums.

Der stundenglasförmige Gürtel aus Licht bewegte sich über die Oberfläche des Planeten, die Linien der Morgendämmerung und der Abenddämmerung glitten wie große Flügel über ferne Berge und Ebenen. Langsam oder schnell, je nach dem Maß, das man wählte, bewegte sich die Erde in ihrer Bahn und würde nie zu genau demselben Punkt zurückkehren, an dem sie einmal gewesen war. Langsam oder schnell bewegte sich das Sonnensystem in seiner Bahn, und mit lautloser, atemberaubender Geschwindigkeit wie ein Diskus aus Licht drehte sich die Galaxis in ihrer rätselhaften Rotation um sich selbst.

Im Leib der Mütter wuchsen die noch ungeborenen Fötusse, sinnreich falteten und kräuselten sich Häutchen und Gewebe umeinander und erforschten ohne Trauer und ohne Zögern die Möglichkeiten des topologischen Raums.

Von alledem wußte er nichts: schwer und riesig wie ein Findling im Wald saß er in seinem Stuhl und rückte ihn nur mit Mühe jede Stunde einige Handbreit weiter, so daß er die ganze Zeit im Sonnenstreifen blieb.

Er war genauso langsam wie die Galaxis und genauso rätselhaft wie sie.

Im Laubschatten, der sich immer eindringlicher an der Wand bewegte, sah er die alten Pilze wieder wachsen, vom ersten weichen Hütchen, das im Moos emporschießt, bis zur letzten schwarzbraunen Pyramide aus unförmigem, herb duftendem Gewebe im Dezember.

Seit Jahren ließ er sie frei wachsen, wenn er hier saß, er machte sie immer merkwürdiger, immer phantasievoller – jeder von ihnen einzig in seiner Art –, sah sie leben und sterben und wußte seit langem, daß alle Zeit, alles Wachstum genauso rätselhaft und groß war wie er selbst.

Eine Wasser-Erzählung

Mit meinem Sohn Joen fuhr ich an einem Nachmittag des regnerischen und kalten Sommers 1977 in einem weißlackierten Motorboot, das schon ziemlich leck war, bei Flodhäll aus dem See Åmänningen heraus, durch die Schleuse von Virsbo, wo Lastzüge donnernd die Brücke überqueren und Kinder glücklich im Schleusenbecken herumschwimmen, durch den Virsbosee, der langgestreckt und seicht ist, hinein in das sumpfige Deltagebiet zwischen Virsbo und Seglingsberg, wo zwölf Wildgänse vor dem Bug aufflatterten und ein wunderbares Kranichpaar unseren Weg kreuzte, vorbei an Bo Stenar, wo die Angler so dicht nebeneinandersaßen, daß sie den roten Farbklecks auf einem der Steine verdeckten, der die Steuerbordseite des Kanals markiert, so haben sie da schon seit Jahrhunderten mit ihren Angelruten gesessen, wo der Fluß am schmalsten und die Stromrinne tief ist, und die Schiffer der Erzjachten und Schleppkähne haben sie verflucht, wie wir es taten, als wir in letzter Sekunde entdeckten, daß wir auf das zusteuerten, was zwischen den beiden äußeren Steinen ist, aber alles ging gut,

und wir fuhren weiter durch die Schleusen von Seglingsberg und Färmansbo und entdeckten, daß eine üppige, schöne Schleusenwärterin nach Färmansbo gekommen ist, die mit finnischem Akzent spricht und eine riesige Katze hat und ein kleines Kind, das am Wasser spielt, durch ein Laufställchen sorgsam davor geschützt, in die tiefe Veränderlichkeit hinabzufallen, und nach den letzten Windungen des Flusses kamen wir in der Dämmerung auf den Norra Nadden hinaus, den See meiner Kindheit.

»Wie klein er ist«, sagte Joen, der ihn immer als groß beschrieben bekommen hat, und ich selbst, der ich in der Dämmerung zu frösteln begann und plötzlich daran dachte, daß wir einen ziemlich langen Rückweg vor uns hatten, ungefähr dreißig Kilometer, oder sechzehn Meter bis hinauf zur Oberfläche des Åmänningen

(und es war ein Sommer, in dem der Schleusenwärter von Virsbo um sieben Uhr abends für die Nacht zumachte),

ich armer, verzagter Vater in ausgebleichten Jeans und mit nackten Füßen, fröstelnd nach dem stundenlangen Aufenthalt im teebraunen Humuswasser, das immerzu vom Heck hereinleckte,

ich erkannte plötzlich, wie recht er hatte. So eng, so melancholisch der See meiner Kindheit, mit seinen langsam verfallenden Sägewerken im Norden, seinen mittlerweile von sogenannten Uferbäumen notdürftig verdeckten Kahlschlägen im Westen, wo schon längst die neue Straße entlangführte, mit den idyllischen kleinen Sommerhäuschen von Brattheden im Osten. Das einzige, was sich ziemlich gleichgeblieben ist, ist das Sumpfland im Norden, die Wasserlabyrinthe aus Schilfwäldern und roten Seerosen, wo man zuweilen noch Kraniche hören kann.

So klein, so eng war es also. Fast wie eine Kindheit in einem Waschzuber!

Und während wir aus dem Fünfliterkanister neues Benzin nachfüllten, mit dem alten blauen Trichter, der im Frühjahrssturm '74 verschwunden war und im Juni '77 in den Brennesseln der Bucht von Kyrkviken wiedergefunden wurde, ein treuer Trichter, ein Prachttrichter, kam mir in den Sinn, ihm zu erzählen:

»Du siehst nur einen melancholischen kleinen See, der allmählich zuwächst. Du siehst ein Sägewerk, das immer mehr zur Ruine wird, und du siehst ein paar armselige Sommerhäuschen auf einem Bergrücken. Fast alles ist von Gestrüpp überwuchert. Du mußt verstehen, daß ich etwas anderes sehe. In meiner Kindheit wimmelt es hier von Menschen. Studenten in weißen Anzügen und weißen Mützen rudern behutsam junge Mädchen zwischen den Schilfwäldern herum und plaudern schüchtern mit ihnen. Der Zug fährt, qualmend von Steinkohlenrauch, in den Bahnhof ein und entläßt ein Gewimmel von Reisenden aus Stockholm, darunter meine exzentrischen Onkel und Tanten ...«

»Die Hälfte davon gibt es nur in deinen Romanen«, sagte Joen, der gerade in die Pubertät gekommen ist und anfängt, aufmüpfig zu werden,

»... ich sehe alte Arbeiter, die in der Dämmerung auf ihrer Veranda sitzen«, fuhr ich unbeirrt fort, »die ihre Pfeife mit einem Nagel auskratzen und Geschichten von Vätern und Großvätern erzählen, Geschichten, die so alt sind, daß sie bis ins achtzehnte Jahrhundert zurückreichen, Erzählungen von Köhlerhütten und von Bergwerksbesitzern, die so boshaft sind, daß sie der Teufel persönlich am Weihnachtsabend holt, und die Geschichten von dem großen, geheimnisvollen Fisch, vom Riesenwels in Bo Gryta, dem großen Fisch, dem Urfisch, der sich dort unten in der Tiefe verborgen hält, wohin das Sonnenlicht nur wie ein Stern unter anderen dringt, der unerbittliche Fisch, der alle Lotschnüre mit einem einzigen Biß seiner Riesenzähne kappt, so daß Schnur und Kette beide genauso säuberlich abgeschnitten wieder an die Oberfläche kommen ...«

»Warum denn«, sagte Joen, der ein moderner junger Mann ist und keine langen Erzählungen mag, er hat es eilig, zum Ende zu kommen, als wäre gerade das Ende irgendwas Besonderes.

»Warum denn«, sagte Joen, »was versteckt er denn überhaupt?«

»Es gibt Gold da unten in der Tiefe, weit unten schimmert ein unermeßlicher Reichtum, das Dunkel besitzt etwas, und der Wels ist das Ungeheuer, das es bewacht und versteckt.

Nie, niemals wird jemand lebend das Gold an die Oberfläche bringen. Lieber wird das Ungeheuer sterben, als sich das Gold wegnehmen zu lassen. Lieber wird es sterben, als sich zu zeigen. Im Unterschied zu diesen vulgären Seeungeheuern, von denen wir in den Zeitungen lesen, dem Ungeheuer von Loch Ness, dem großen Seemonster und wie sie alle heißen, ist der Riesenwels Bo Gryta ein Seeungeheuer, dessen ganze Existenz darin besteht, daß es sich niemals zeigt.«

Kaum war das Auftanken erledigt, fuhren wir weiter nach Norden, zwischen den dunkelnden Schilfwäldern hindurch.

Wir hatten es jetzt ziemlich eilig, um die Schleusenzeiten nicht zu verpassen. Joen steuerte das Boot durch die immer abstraktere Landschaft, während ich das Wasser ausschöpfte.

Aufgestörte Enten flatterten vor dem Bug auf, ein Habicht stand fast regungslos über dem Waldrand, aber diesmal kein Kranichpaar. Im Schleusenwärterhaus von Färmansbo leuchtete es gelb, freundlich, einladend. Unter Aufbietung all unseres Charmes gelang es uns, den Schleusenschlüssel zu bekommen. Es war schon so dunkel, daß das weiße Wasser dort unten in sich selbst zu leuchten schien, unruhige Fledermäuse schwirrten über das Schleusenbecken.

Es war Anfang August, das Sommerlicht befand sich auf einem raschen Rückzug.

»Hier am Beckenrand bin ich oft als Kind, oder als kleiner Junge, entlanggelaufen und habe geangelt«, sagte ich. »Hier gibt es auch Steinmorcheln, die man sonst nirgends in dieser Gegend findet, klein und schwarz. Man kann sie nur essen, wenn man sie vorher abgekocht hat. Sie wachsen auf den alten Schlackenhaufen. Hier hat früher einmal ein Hüttenwerk gestanden.«

Im letzten Moment kamen wir wieder auf den Åmänningen hinaus. Der Kanal hinter uns wurde schon dunkel, aber vor uns lag der See und spiegelte das Abendlicht wider. Alles war sehr still. Unser Kielwasser breitete sich wie ein Theorem in einer vollendeten Geometrie aus, hin und wieder tauchte ein

Haubentaucher vor uns weg, ganz abrupt, als sei er plötzlich auf andere Gedanken gekommen.

In der Nähe des Zahnarztholms, einer einsamen, bewaldeten Landzunge, die so heißt, weil der Herr, der sich dort einmal ein Sommerhäuschen gebaut hat, Zahnarzt war, und kurz vor der die Insel Gärholmen liegt, bemerkten wir etwas Eigentümliches, was Joen dazu veranlaßte, den Motor auf Leerlauf zu stellen.

Vom Gärholmen legte ein Paddelboot ab, offenbar mit einem einzigen Menschen an Bord. Es glitt zwischen den lebensgefährlich scharfkantigen Steinen bei Enträ durch, als existierten sie überhaupt nicht, und bog rasch in die Bucht von Kyrkviken ein.

Die Entfernung war so groß, daß man nicht erkennen konnte, wer da paddelte, aber das Paddeln selbst hatte etwas beunruhigend Hektisches.

»Was war denn das für ein Mensch, um Himmels willen«, sagte ich.

»Es war irgendwie komisch«, sagte Joen. »Wir sehen mal auf der Insel nach. Ich habe das Gefühl, da ist vielleicht irgendwas passiert.«

»Es ist schon so dunkel«, sagte ich.

»Aber ich möchte trotzdem, daß wir am Gärholmen anlegen. Außerdem habe ich unter einem Stein mitten auf der Insel ein Ein-Kronen-Stück versteckt, als wir im Februar sechsundsiebzig die Schlittschuhwanderung gemacht haben.«

Er hatte noch immer die Manie des kleinen Jungen, Dinge unter Steinen zu verstecken, besonders auf Inseln, vielleicht, um sich unverletzbar zu machen, vielleicht, um etwas Unverletzbares zu hinterlassen, vielleicht auch nur, um sich ein Geheimnis zu schaffen.

Mit halber Kraft steuerten wir die Insel an. Es ist eine sehr kleine, schmale Insel. Ringsherum liegen so viele, bösartig scharfkantige Steine im Wasser, daß ich sie fast nie mit dem Boot anlaufe. Im Winter dagegen ist sie ein hervorragender

Rastplatz, in den ersten Tagen nach Weihnachten, wenn das Eis schon trägt und blauschwarz daliegt, bis der erste Schnee darauf fällt.

Es war jetzt fast dunkel. Gerade als wir in die wirklich gefährlichen Untiefen hineingerieten, entdeckten wir etwas, das ein schwimmendes Tier sein mußte, vielleicht ein Elch, unterwegs von der Insel hinüber zum Festland. In der gleichen Richtung, die das Paddelboot genommen hatte.

Ich machte behutsam eine Drehung von neunzig Grad, und während Joen nach den dunkelbraunen Steinblöcken Ausschau hielt, die jederzeit über der Wasseroberfläche auftauchen konnten, unwirklich, greifbar erst dann, wenn sie mit dem Bug in Kontakt kommen, stand ich auf, um auszuspähen.

Es war zu klein für einen Elch und zu groß für eine Wasserschlange.

Dreißig Meter weiter erkannten wir, daß es ein Mensch war, mit dunklen, graugesträhnten Haaren, die an seinem kleinen Kopf klebten. Zielbewußt, aber ziemlich langsam schwamm er aufs Festland zu, splitternackt, soweit man sehen konnte.

Störten wir ihn?

Er lag ziemlich tief. Allem Anschein nach schwamm er immer langsamer, auf eine verbissene Art.

Jetzt mußte er uns entdeckt haben.

Ich faßte einen Entschluß. Kaum waren wir bei ihm angelangt, erkannte ich, daß der Mann völlig erschöpft war.

Wir zogen ihn an Bord, so gut wir konnten. Jeder, der das schon mal gemacht hat, weiß, daß es keine ganz einfache Sache ist.

Ein Mensch, den man über Heck in ein Motorboot zieht und der selbst kaum eine Anstrengung macht mitzuhelfen, läuft Gefahr, sich die Brust zu zerschrammen.

Wir legten ihn auf die Decksplanken und zogen ihm meinen Pullover an.

»Wie geht es?« fragte ich ihn.

Er schien zu erschöpft zu sein, um antworten zu können.

»Was sollen wir mit ihm machen?« fragte Joen.

»Wir nehmen ihn mit nach Hause«, sagte ich.

»Er friert ganz furchtbar«, sagte Joen. »Ich finde, wir sollten ihn zum Gärholmen bringen und ein Feuer machen.«

Auf der Insel fanden wir tatsächlich ein Zelt, ein Gaskocher stand davor, einige Kleidungsstücke hingen zum Trocknen auf dem niedrigsten Ast einer Kiefer.

Wir zogen ihm soviel an, wie wir konnten, und machten ein Feuer mit dem trockenen Unterholz der Tannen neben dem Zelt.

Das erste, was er sagte, als er wieder reden konnte, waren für unser Gefühl überraschende Worte:

»Das macht nichts. Sie kommt zurück. Sie kommt immer zurück.«

»Okay«, sagte ich. »Aber dann war es vielleicht ein bißchen übertrieben, ihr bis nach Kyrkviken nachschwimmen zu wollen. Das Wasser kühlt sich hier in Västmanland schneller ab als man denkt. Wenn man kein trainierter Langstreckenschwimmer ist, gibt es gute Gründe, sich in acht zu nehmen.«

Er schien nicht zuzuhören. Er mochte zwischen fünfunddreißig und vierzig Jahre alt sein, mit einem ganz sympathischen, wenn auch recht durchschnittlichen Aussehen. Man hätte sich einen intellektuellen Beruf vorstellen können, aber keinen, der Ausstrahlung verleiht. Eine Druckstelle über der Nase ließ darauf schließen, daß er gewöhnlich eine Brille trug; ich würde denken, daß es eine von denen mit dünnem Rand war. Er zitterte noch immer und kroch näher zum Feuer hin.

Nichts deutete eigentlich darauf hin, daß er besonders verrückt oder gar verzweifelt war. Er wirkte nicht einmal unglücklich, nur verfroren.

Ich ging also zum Ufer, um nachzusehen, wie wir in der Eile das Boot vertäut hatten; ich hatte das sichere Gefühl, der Wind hätte gedreht.

Das stimmte tatsächlich, das Boot schlug gegen die Steine, und ich zog es gleich in den Windschatten eines großen Findlings am Uferrand. Es war jetzt so dunkel, daß die nächsten Bäume vom Feuer vor dem Zelt erleuchtet wurden.

Ich sah, daß unter den Kleidungsstücken an dem Ast auch Damenunterwäsche hing. Die beiden Gestalten, mein Sohn und der fremde Mann, beugten sich jetzt weiter zum Feuer vor.

Als ich näher kam, erkannte ich, daß sie dabei waren, Wasser zu wärmen.

»Ich wollte euch zum Dank für die Hilfe ein bißchen Kaffee anbieten«, sagte der Mann. »Natürlich nur Pulverkaffee.«

Es wurde ganz still. Für einen Moment fiel keinem etwas zu sagen ein. In der Stille merkte ich, daß ich außer Atem war; so schnell war alles gegangen. Außerdem war ich verdammt verfroren und hungrig.

»Du hast nicht zufällig etwas Brot und Butter«, sagte ich. »Weißt du, wir sind nämlich den ganzen Nachmittag den Kanal runter- und wieder raufgefahren.«

»Aber klar«, sagte der Schwimmer. »Ich glaube, ich habe sogar noch ein Stück delikate finnische Räucherwurst von Arvid Nordquist in Stockholm.«

Brot und Wurst wurden hervorgeholt. Ich muß bekennen, daß wir uns ziemlich hemmungslos bedienten.

»Du bist also aus Stockholm«, sagte ich.

»Ich bin hier in der Gegend geboren«, sagte er. »Das heißt, ein bißchen weiter unten am Kanal, oberhalb von Kolbäck. Mein Vater hatte dort einen eigenen Hof. Ich bin in Västerås zur Schule gegangen. Ich meine fast, wir hätten uns im Gymnasium von Västerås schon mal gesehen. In welchem Jahr hast du Abitur gemacht?«

»Fünfundfünfzig«, sagte ich.

»Dann war ich etwas früher dran«, sagte er. »Ich habe neunzehnhundertfünfzig Abitur gemacht. Später war ich eine Weile Lehrer, aber das ging überhaupt nicht gut. Es war in der allerschlimmsten Zeit am Anfang der sechziger Jahre; man hatte nicht die geringste Chance, Ordnung in die Klassen zu bringen. Seither habe ich in der Reisebranche gearbeitet. Ich lebte lange in Athen, leitete dort die Filiale einer Chartergesellschaft. Jetzt bin ich wieder in Stockholm, seit sieben Jahren.«

Wieder machte er eine Pause. Ich versuchte vergeblich, meine nassen Streichhölzer zum Brennen zu bringen.

»Es ist schon phantastisch, wie man sich im Lauf eines Lebens verstricken kann«, sagte er.

»Wie meinst du das?« fragte ich.

»Dieses Mädchen traf ich zum ersten Mal gegen Ende der fünfziger Jahre in Stockholm«, sagte er. »Es muß so um neunundfünfzig herum gewesen sein. Ich erinnere mich, daß das Nationalmuseum gerade mit seinen Sommernachtskonzerten angefangen hatte, denn kurz nachdem wir uns kennengelernt hatten, gingen wir zu so einer Veranstaltung. Der Sommer neunundfünfzig war sehr heiß und trocken, wenn ich mich recht erinnere. Es gab noch eine Menge Straßenbahnlinien in der Stadt damals.

Wir kamen aus diesem Sommernachtskonzert, die Stadt war lau, verlassen, auf überraschende Weise leer. Es gab nur uns.

Wir nahmen eine Straßenbahn zur Südstadt, wir gingen lange am südlichen Mälarstrand entlang. Ich habe noch diesen wunderbaren Flieder im Vitabergs-Park in Erinnerung, oberhalb von der Helenborgsgatan. Er war aufgeblüht und duftete ganz ungeheuer.

Wir müssen unwahrscheinlich glücklich gewesen sein.«

»Wo seid ihr euch zum ersten Mal begegnet?«

»Das ist doch nicht so wichtig«, sagte er, fast beleidigt über meine Art, ihn zu unterbrechen. »Ich glaube, es war in einem Seminar an der Universität. Ich weiß es wirklich nicht mehr genau. Ich habe das Gefühl, sie schon immer gekannt zu haben.

Sie war damals ein ziemlich schüchternes, schmales kleines Mädchen. Intelligent, aber schüchtern. Sie hatte Angst davor, in den Seminaren etwas zu sagen. Ich war auch ziemlich schüchtern.

Ich hatte zwar vor ihr schon mit Mädchen geschlafen, aber sie war die erste, bei der ich das Gefühl hatte, sie zu *besitzen*; sie gehörte mir, ich konnte mit ihr machen, was ich wollte. Verstehst du, was ich meine?«

Ich nickte.

»Es war etwas Merkwürdiges zwischen uns; eine Art Feuer, oder vielleicht ein Gift, wie das Gift des Fliegenpilzes, Muskarin, oder wie der Porst auf den großen Hochmooren um Märrsjön herum. Wenn wir zusammenkamen, war es, wie eine andere Welt zu betreten.

Ich hatte in diesem Sommer ein Zimmer in der Hornsgatan. Ich wollte mich auf eine der letzten großen Klausuren in Geschichte vorbereiten.

Aus dem Studieren wurde nicht viel. Wir schlossen uns oft tagelang ein, wir verknäuelten uns ineinander wie Geschöpfe auf dem Grund eines tiefen Sees; ich meine, die Wirklichkeit war nicht viel mehr als ein Lichtgeflimmer, wie es die Tiere in einem solchen See über sich sehen müssen, ein Lichtgeflimmer in dunkelbraunem, humusreichem Wasser.

Wir waren, wie gesagt, beide anfangs ziemlich schüchtern. Ich glaube, ich verstand damals nicht einmal besonders viel davon, wie man eine Frau befriedigt. Ich weiß noch, daß ich mich fragte, warum sie manchmal so schlaflos war.

Es dauerte natürlich nicht lange, bis diese Schüchternheit verflog. Sie hatte phantastische Orgasmen, manchmal praktisch bis zu den Schultern hinauf. Wie Krämpfe, die den ganzen Körper schüttelten.«

»Vergiß nicht den jungen Mann«, sagte ich.

»Keine Sorge. Er ist eingeschlafen. Ich hole noch einen Pullover, um ihn zuzudecken. Ihr braucht doch noch nicht zu fahren? Nach diesem langen Ausflug sollte er sich doch bestimmt eine Weile ausruhen? Weißt du – gerade jetzt fühle ich mich ein wenig einsam. Und ihr seid doch genaugenommen die einzige Verbindung zum Festland, die ich habe.«

»Okay«, sagte ich. »Lassen wir den Jungen noch ein Weilchen schlafen.«

»Wir hatten auch Depressionen zusammen. Sonderbare, weiße Melancholien zu zweit. Ich glaube, das muß in solchen Situationen so sein.

Wir gingen manchmal gegen elf Uhr vormittags in die Stadt, bewegten uns vorsichtig die Hornsgatan entlang; ich sage vorsichtig, denn in diesem Zustand hatten wir oft das Gefühl, als gingen wir auf Glas, es ist schwer zu beschreiben, also, manchmal gingen wir die Hornsgatan entlang, in der festen und bestimmten Absicht, etwas zum Mittagessen einzukaufen, und kamen dann nur mit etwas Knäckebrot und Käse zurück.

Es war ein ungeheuer merkwürdiger Zustand. So etwas wie eine metaphysische Gedankenverlorenheit, ein Gefühl, als sei die ganze Welt im Grunde sinnlos, und wir allein hätten das entdeckt.

Verstehst du? Nicht dieses übliche Gefühl, daß alles sinnlos ist, was man *tut*, sondern ein viel größeres: die Existenz insgesamt hat ihren Sinn verloren, man hat alle Stadien hinter sich, die man überhaupt durchmachen kann. *Und auch war dahinter nichts.*

Unsere Bekannten fragten sich allmählich, wo wir geblieben waren. Ich vermute, daß man uns an der Universität abgeschrieben hatte.

Das alles dauerte eine kurze Zeit, nur ein paar Monate, und es war völlig wahnsinnig. Und zuinnerst hatten wir immerzu das Gefühl, es könne nicht mehr lange so weitergehen.

Wir machten verschiedene Versuche, zusammen zu arbeiten. Das war gar nicht einfach. Ich hatte ja nur ein Zimmer mit Küche, und zwischen der Küche und dem Zimmer entstanden so merkwürdige Spannungen, daß es in den Wänden knackte, wenn wir versuchten, uns lange genug voneinander fernzuhalten, damit wir drei, vier Stunden in einem Buch lesen konnten.

Irgendwann im Herbst sahen wir beide ein, daß das Ganze ziemlich lebensgefährlich war. Es war nicht mehr zu steigern. Es gab auch keinen richtigen Weg mehr zurück, ich meine zurück zu der Ebene, auf der man normale Gespräche miteinander führt.

Ich erinnere mich noch sehr genau an den Morgen, an dem sie fortging. Ich hatte ihr all ihre Sachen gepackt, sie selbst war dazu nicht fähig; der Abschied lähmte sie: es war, als sei sie in letzter Sekunde auf etwas sehr Wichtiges gekommen, etwas ganz anderes, was noch zu tun war.

Aus Gott weiß welchem Grund, vielleicht weil sie viel zu tragen hatte, eine Menge Gepäck, das sich in zweieinhalb Monaten angesammelt hatte, hatten wir ein Taxi bestellt, und ich stand oben am Fenster und wartete auf seine Ankunft.

Warum stand ich nicht da unten, warum nahm ich nicht unten auf der Straße von ihr Abschied? Tja, das ist eine Sache, an die ich mich nach so vielen Jahren einfach nicht mehr erinnern kann. Eine einleuchtende Erklärung wäre natürlich, daß wir uns ganz fürchterlich gestritten hatten, aber das muß nicht so sein. Es kann auch irgendeine Abmachung gewesen sein.

Ich muß einen Moment in mein Zimmer gegangen sein, das weiß ich noch. Jedenfalls entdeckte ich, daß sie da etwas vergessen hatte, ihren Regenschirm, ihren kleinen, roten Regenschirm.

Ich weiß noch, daß ich aus dem Fenster rief: ›Soll ich ihn dir runterbringen?‹ Und sie antwortete: ›Wirf ihn einfach runter!‹

Es gibt solche Abschiede, ob man es glaubt oder nicht.«

»Ich glaube es«, sagte ich.

»Ist dir etwas Merkwürdiges an der topographischen Karte von Västmanland aufgefallen?« sagte er, und ich war eigentlich nicht mehr überrascht.

»Nein, wieso?«

Er ging ins Zelt und holte eine Karte, Västerås NV, wie es heißt, im Maßstab 1:50 000.

»Also, fast jeder der kleinen Seen hat einen unscheinbaren Zwilling, der ein Moor ist: sieh mal, Acktjärn und gleich daneben das Acktjärn-Moor, Stora Grillsjön und das Grillsjö-Moor wie ein Schatten des Sees im Norden, überall findest du solch einen anspruchslosen Schatten eines Sees, der ein Moor ist. Es ist, wenn du so willst, der See, der einmal da war, der größere See, den es hier einmal gab. Aber das Moor ist noch da. Unter dem Porst und dem Mädesüß und dem Wollgras und den Multbeerenbüscheln gibt es noch Wasser, obwohl es den Himmel nicht mehr so widerspiegeln kann, wie der See es tut.

Es ist noch da. Und dann? Was geschieht unter der Oberfläche? Was spiegelt ein See, der zum Moor geworden ist?«

»Sich selbst?«

»Oder einen anderen Himmel. Einen Torfhimmel? Hast du schon mal über die Pilze nachgedacht, wie sehr sie sich von den Phanerogamen unterscheiden? Sie sind der Erde viel näher, sie sind – wie soll ich sagen – dramatisch in ihrem ganzen Auftreten, mit all diesen eigentümlichen Giften, mit der Art, wie sie wachsen, blitzschnell über einige Nächte. Und mit der Art, wie sie sterben, wie ein Zerfall von innen her. Sie sehen noch ganz heil aus, nachdem sie längst gestorben sind.«

»Vergiß nicht, daß sie Fäden in der Erde hinterlassen, die ständig neue Körper treiben. Ein Myzel. Das Interessanteste am Pilz sehen wir fast nie. Es sind die unterirdischen Fäden.«

»Darüber habe ich auch schon nachgedacht.«

»Und wie ist es mit dir? Bist du lebendig oder tot?«

»Sie verschwand hinter dem Horizont. Ich habe sie noch ein paarmal gesehen, mal in Begleitung, manchmal allein. Dann hat sie irgendeinen Experten geheiratet, für Gott weiß was, und ist in die USA gegangen. Ich glaube, wir haben einige

Briefe gewechselt, sie sind mir als ziemlich gleichgültig in Erinnerung.

Ich kehrte sozusagen zu dem Punkt zurück, an dem ich unterbrochen worden war. Ich glaube, das war damals sehr klug von mir. Ich heiratete ein nettes Mädchen, wir bekamen Kinder. Sie ist jetzt übrigens mit einem Förster in dieser Gegend verheiratet. Es war eher sie, die das Interesse an mir verlor, als umgekehrt. Das war übrigens zur gleichen Zeit, als ich den Lehrerberuf aufgab.

Ja, dann kamen die Jahre in Athen. Sie waren ganz lustig. Weißt du, so ein Reisebüro ist ja der richtige Ort, um zu lernen, wie man Geschäfte mit den Griechen macht. Sie haben etwas andere Spielregeln als wir, es kostet ein bißchen was, das System kennenzulernen, aber wenn man beide Systeme beherrscht, kann man ganz lustige Sachen machen.

Die Gefahr bei einer solchen Situation ist natürlich, daß man zu gut lebt. Man trinkt ziemlich viel. Man lebt sich aus. Läßt sich in vielerlei Hinsicht gehen. Man wird genau wie die kleinen Dampfschiffahrtsagenten auf den Inseln in der Ägäis, kleine Fürsten, die von irgendeinem Café aus die Gegend regieren, wo sie hinter einer bescheidenen Theke stehen und ihre Gehilfen das Messing putzen lassen, während sie über Frachten, Häuserpreise und Zementtransporte nachdenken.

Plötzlich kann alles ganz leer werden. Verstehst du, das Schrecklichste ist für mich die Leere.

Weißt du, plötzlich raschelt ein Stück trockenes Papier im hartnäckigen Augustwind die Straße entlang, eine alte Zeitung, die jemand verloren oder weggeworfen hat. Die südlichen Länder, wo alles trocken ist, alles liegenbleibt, sind auf diese Art deutlicher als die nördlichen Länder, der Sommerwind raschelt in den Platanen. Man schaut für einen Augenblick auf und erschrickt über die eigene Leere, man fragt sich, was man eigentlich tut. Verstehst du?«

Die letzte Frage stellte er mit solchem Nachdruck, fast herausfordernd, daß ich unruhig wurde. Sogar der Junge zuckte im

Schlaf zusammen. Ich begann ernsthaft zu überlegen, ob es nicht Zeit wäre, ihn zu wecken und nach Hause zu fahren.

Dann wurde mir klar, wie kindisch dieser Fluchtimpuls war, wie sehr von meinen eigenen Schwächen diktiert, und ich antwortete:

»Natürlich verstehe ich das. Ich rede mir sogar manchmal ein, daß es solche Augenblicke sind, in denen wir der Wahrheit ins Auge sehen.«

»Wie meinst du das?«

»Stell dir vor, wenn gerade eine solche Leere die Wahrheit über die Welt wäre? Nimm zum Beispiel diesen See. An manchen Tagen, wenn ich traurig bin, spaziere ich zum Strand hinunter. Die Felsblöcke liegen dort draußen, riesig und schwer, jeder wie eine Behauptung, die nicht zu widerlegen ist – und in solchen Augenblicken sehe ich, daß der See schon immer traurig war. Die natürliche Welt ist so.

Nur *wir* versuchen einen Sinn zu schaffen.«

Für eine Weile wurde es still. Dann fuhr er plötzlich in seiner Erzählung fort.

»Ich glaube nicht, daß ich in den letzten zehn Jahren auch nur einen Augenblick an sie gedacht hatte, als sie plötzlich in mein Büro in Athen kam. Sie wollte ihr Ticket umbuchen lassen. Ich war in einem der hinteren Zimmer und hörte einen meiner Assistenten dort draußen mit ihr herumstreiten; er versuchte ihr zu erklären, daß man bei einer Charterreise den Flug nicht so einfach verschieben kann.

Ich telefonierte gerade, ich glaube, mit Stockholm, als ich plötzlich ihre Stimme dort draußen hörte. Sie ist ziemlich tief und war schon immer ein wenig schleppend. Es ist eine Stimme, die man nicht so leicht verwechseln kann.

Ich ging hinaus wie ein Schlafwandler, und da stand sie. Offensichtlich war sie verheiratet, zumindest trug sie einen Ehering, und ebenso offensichtlich war sie mit einem Typen da, der nicht ihr Ehemann war. Ich schrieb dann die Tickets sofort um. Jetzt wollten sie also noch eine Woche bleiben. Sie wollten nach Poros hinüber. Ich sagte ihnen, daß es gar nicht so einfach sein würde, mitten in der griechischen Osterzeit auf Poros ein Hotel zu finden. Ich bat sie um ihre Hoteladresse in Athen, um sie benachrichtigen zu können. Der Typ wirkte völlig unbedeutend auf mich, einfach so ein flotter Schnösel.

Ich konnte sie noch fragen, wie es ihr ginge. ›Gut‹, sagte sie, ›das siehst du doch.‹

›Wie schön‹, sagte ich. ›Schade, daß wir es nicht mehr schaffen, uns zu einem Gläschen zusammenzusetzen. Wir könnten ins Syntagma gehen und einen Kaffee trinken.‹

›Das geht nicht‹, sagte sie. ›Wir sind um vier Uhr mit Bekannten verabredet.‹

›Aber schade ist es schon, nach all diesen Jahren‹, sagte ich.

Ich war wie üblich der letzte im Büro, sah noch einige Sachen durch, die ich immer durchzusehen pflegte. Fernschreiben und Merkzettel und Buchungen. Ich hatte mich mit einem Jungen zum Tennis verabredet, der oft auf den Tennisplätzen der Universität spielte. Ich erinnere mich, daß ich dachte, ich sollte vorher noch ein Butterbrot essen und lieber noch ein bißchen warten, bis der schlimmste Verkehr sich beruhigt hätte.

Es klopft an der Tür. Ich mache auf. Es ist der Hausmeister.

›Da ist eine schrecklich hartnäckige Dame, die nach Ihnen fragt‹, sagte er. ›Ich habe ihr gesagt, daß Sie um vier zumachen und daß sie morgen wiederkommen soll. Aber es hilft alles nichts. Sie drängt sich einfach herein. Kennen Sie sie?‹

›Eigentlich nicht‹, sagte ich.

Ich hörte die Uhr ticken. Ich sah den Telexapparat an, der still und schweigend unter seiner Schutzhaube dastand. Ich sah die Schreibmaschine an. Ich weiß noch, daß ich dachte: Aha, es gibt also wirklich Augenblicke, die über ein ganzes Leben entscheiden können.«

»Und dann?«

»Dann ging ich zur Tür und machte sie auf. Es war, wie ein Schleusentor zu öffnen.

Wir fuhren zu ihrem Hotel und holten ihre Sachen. Es war ein bißchen problematisch, sie in meine Wohnung einziehen zu lassen, da ich eine griechische Freundin dort wohnen hatte; wir borgten für einige Tage die Wohnung eines Bekannten.

Ja«, sagte er und schaute etwas zerstreut auf die Uhr, »wenn sie nicht den Zug genommen hat, müßten wir sie bald wieder hier haben.«

»Verschwindet sie oft auf diese Art?« fragte ich.

»Für sie ist es manchmal sehr schwierig, das auszuhalten. Für mich auch. Es ist, ehrlich gesagt, ziemlich belastend, so wahnsinnig abhängig voneinander zu sein, wie wir es sind. Manchmal läuft sie davon, manchmal gehe ich.«

»Es gibt einen Willen, allein zu sein«, sagte ich, etwas dümmlich. »Ich meine« – und machte dadurch die Dummheit noch größer, glaube ich – »es gibt sogar einen Willen, unglücklich zu sein.«

»Ich glaube, du hast das Ganze doch nicht richtig verstanden«, sagte er.

»Irgendwie scheint mir, leben wir in getrennten Welten«, sagte ich.

Ich fand, das sei eine höfliche Art, das Thema zu beenden.

Als der Junge aufwachte, streckte er die Arme in die Luft und gähnte laut. Er brauchte eine Weile, bis er begriff, wo er war. Er ging hinter einen Busch, um zu pinkeln, und blieb länger weg als erwartet.

Gleichzeitig legte ein Kanu in der Bucht an, direkt neben meinem Boot. Es tauchte fast wie eine Geistererscheinung aus dem Augustdunkel auf. Ich war schon unten am Ufer.

Ich grüßte höflich. Sie war kleiner, als ich sie mir vorgestellt hatte. Eigentlich gar nicht besonders schön. Sie behandelte mich mit höflicher Gleichgültigkeit.

Dann kam der Junge, wir verabschiedeten uns und schoben das Boot hinaus.

Es dauerte eine Weile, die alte Archimedes E 4 in Gang zu bringen.

Ich zog mehrmals an der Startschnur, und unterdessen saß Joen da und ließ in den Pausen etwas in seiner rechten Hand klappern.

»Womit klapperst du?« fragte ich.

»Mit den Geldstücken, natürlich. Den Ein-Kronen-Stükken, die ich im Winter unter dem Stein versteckt habe, als wir auf der Schlittschuhwanderung Rast machten.

Ich habe sie mir wiedergeholt.«

Ich frage mich oft, wo er sonst noch am See solche Münzen versteckt haben mag.

Der Vogel in der Brust

Nun war es plötzlich wieder Sommer; sie sah sich um, ohne ein einziges Möbelstück im Zimmer wiederzuerkennen. Dafür stand draußen vor dem Fenster ein kürzlich abgeblühter Kastanienbaum, der vor einigen Tagen noch nicht da gestanden hatte, und während sie nach der Art sehr alter Menschen kurz, trocken, unsanft erwachte, nahm sie teilnahmslos eine Erinnerung an den Umzug vom Altersheim in Kolbäck in das Pflegeheim von Köping wahr.

Die Verwandten würden ihre Möbel später abholen; es war nicht leicht, sie zu erreichen, denn wie immer um diese Jahreszeit waren sie zur Sommerfrische im Norden ihrer Heimatprovinz.

Sie glaubte sich zu erinnern, daß ihre Kommode mit den Intarsien ihr einmal etwas bedeutet hatte, sie glaubte sich zu erinnern, daß es einmal eine Kristallschale mit einem vergoldeten Glasdeckel gegeben hatte, eine Bonbonniere, in der ihre Mutter Süßigkeiten verwahrte. Man durfte sie nicht ohne ihre Erlaubnis anfassen, sie war sehr zerbrechlich.

Sie hoffte, daß die Verwandten sie nicht beschädigen würden, wenn sie ihre Sachen holen kamen. Sonst könnte ihre Mutter böse werden.

Die neuen Möbel waren weiß, sehr unpersönlich, die ganze Einrichtung bestand aus einem Nachttisch und einer Kommode. Genau die gleichen Möbel standen auf der anderen Seite des Zimmers, wo anscheinend noch jemand lag. Sie sah einen sehr mageren Körper, der sich unter der weißen, waffelförmig gemusterten Krankenhausdecke abzeichnete. Offenbar schlief die andere Patientin.

Ein schwacher, aber durchdringender Uringeruch schien das ganze Haus zu erfüllen, in dem sie nun für den Rest ihres Lebens wohnen sollte. Er kam aus dem Korridor, wo das Gequietsche der Teewagen, die über Linoleumböden rollten, vom Geklapper der Blechschüsseln und dem hellen, vom finnischen Akzent modulierten Singsang der Krankenschwestern unterbrochen wurde.

Es war gut so. Dies war der Ort, an dem sie jetzt lebte.

Sie wandte sich wieder den Tiefen zu, ließ sich durch tiefes, klares Wasser sinken, in dem hier und da eine Wasserpflanze wie langes Frauenhaar von der Strömung aufgefächert wurde.

In wenigen Sekunden legte sie eine ungeheure Strecke zurück. Sie war jetzt in dem sternenlosen Dunkel angekommen, in dem der wirkliche Kampf stattfand. Von diesem Dunkel wußte sie nichts weiter, als daß es ein Dunkel war. Es hatte keinen festen Platz im räumlichen Zusammenhang. Es war nah oder sehr fern, ganz wie man wollte.

Der Gefangene hatte viele Gestalten. Man erkannte ihn nur an seinem Blick.

Zum ersten Mal hatte sie seinen Blick als zwölfjähriges Mädchen erkannt, als sie auf der Gartentreppe hinter dem Haus ihres Vaters in Västergötland saß, ein kleines Mädchen mit einem Buch.

Damals war er eine Kreuzotter, die plötzlich zwei Meter von ihren Füßen entfernt auf den teerbraunen Planken lag und sich sonnte.

Daß er eine Kreuzotter war, gab nicht den Ausschlag. Das Entscheidende war der Blick seiner schmalen, gelben Augen. Er verriet ihn. Das Schwarze in den schmalen Augenschlitzen war die gleiche Dunkelheit, die zwischen den Galaxien herrscht.

Sie hatte immer nein gesagt, und dieses Nein war die einzige Kunst ihres Lebens.

Wenn die Geschwister lärmend vorbeizogen, mit Beerenkörben und Sonnenhüten, voran der Vater mit seinem Spazierstock, geschah es noch viele Jahre lang, daß sie versuchten, sie mitzulocken. Fredrika, komm, im Wald gibt es so viele Blaubeeren zu pflücken! Fredrika, das Wetter ist so schön!

An klaren Tagen konnte man ihre Stimme bis zum letzten Gehöft am Weg hören. Mit den Jahren wurde diese obligatorische Frage an Fredrika zu einem Ritual, niemand erwartete mehr, daß sie wirklich mitkommen würde.

Das war kurz vor der Jahrhundertwende; der Vater war noch sehr kräftig, mit rötlichem Gesicht, die Mutter dünner, blasser. Der Kolonialwarenladen lag an einer Kurve, genau dort, wo ein Bach durch eine Trommel aus schweren, behauenen Steinen unter der Landstraße durchfloß. Es stand noch keine Tanksäule auf dem Hof – wann war die Tanksäule eigentlich dort hingekommen? Die großen Erlen längs des Baches warfen einen tiefen Schatten. Sie erinnerte sich genau, daß man das Seegras, die langen, schmalen, grünen Seegrashalme in der Strömung flattern sah wie Frauenhaare.

Sie erinnerte sich an die Räder der Pferdekarren, das metallische Klirren der eisenbeschlagenen Wagenräder, deren Klang sich änderte, wenn sie über die alten, morschen Planken der Brücke fuhren. Man hörte schon lange im voraus, wenn die Bauern zum Einkaufen kamen.

Das Gelächter der Lieferanten aus dem Kontor ihres Vaters, der Metzger, der Grossist, der Eisenhändler aus Köping und der Klempner, der ihr Vetter war, mit seinem eigentümlich großen Backenbart, an dem sie als Kind ihren Spaß hatte.

Der Gesang in der Kirche, die Fahne, die am Namenstag des Königs gehißt wurde, die ersten Vögel im Frühling.

Man hatte sie mit dem Metzger verheiratet, der etwas älter war, aber trotzdem noch ein junger Mann. Er hatte ganz dünne Augenbrauen aus blondem Haar über hellen, wäßrigen Augen, und dicke Backen, die dem Kopf ein birnenförmiges Aussehen gaben.

Er schaute sie mit seinen großen, wäßrigen Augen an, wenn sie für ihn Drahtstifte auswog und die Tüte zusammenfaltete, große menschliche blasse Augen, die an den Rändern rötlich waren und die etwas von ihr wollten.

Sie wollte nicht. Nein zu sagen war ihre Kunst.

Ihr Vater starb im Herbst nach der Hochzeit, die Geschwister zogen in die Stadt, der Mutter ging es ziemlich schlecht, es wurde von Konkurs gemunkelt. Der Metzger hatte zwei Zimmer mit Küche über dem Laden. Sie hatte neue Gardinen aufgehängt.

Ihre Art, nein zu sagen, war sehr einfach. Sie war einfach nur abwesend. Sie war nicht da. Anwesend war ein Körper, und ein Körper war etwas anderes. Jeder beliebige konnte einen Körper haben. Jeder beliebige konnte in einen anderen Körper eindringen.

In jenem Herbst veränderte sich sein Verhalten ihr gegenüber. Er roch schon vormittags nach Schnaps, aber nur ein bißchen.

Der erste Schnee fiel, sie wischte das Wachstuch auf dem Küchentisch ab und hörte, wie im Erdgeschoß unter ihr das Fleisch mit dumpfen Schlägen auf einem Holzklotz zerhackt wurde.

Es war hellhörig, ein altes Holzhaus mit wenig Sägemehl in den Zwischenböden. Wenn er mit der neuen Verkäuferin schäkerte, hörte sie das auch.

Es berührte sie nicht.

Ein für allemal stand fest, daß sie nicht in der normalen Welt zu Hause war, es war nicht die ihre, und dabei sollte es bleiben.

Das hatte sie schon als kleines Kind so empfunden, wenn sie die Eltern und Geschwister miteinander reden hörte.

Sie war ein aufgewecktes Kind; es war nicht so, daß es ihr schwergefallen wäre, die Wörter zu lernen. Sie konnte genauso früh sprechen wie ihre Geschwister, vielleicht ein bißchen leiser, das war alles.

Doch die Wörter waren nicht die ihren. Sie hatte kein Recht darauf.

»Was haben wir doch heute für ein schönes Wetter, meine

kleine Fredrika«, konnte ihr Vater sagen. Und sie wußte, daß er den Sonnenschein meinte, die Fahne, die in der leichten südwestlichen Brise flatterte, die Schäfchenwolken am Himmel, ja, sie wußte genau, was er meinte, aber natürlich wußte sie das, sie war schließlich nicht dumm.

Doch sie war fest davon überzeugt, daß noch etwas anderes hinter seinen Worten steckte, ein Rest, ein Geheimnis, das sie nie ergründen würde.

Sie versuchte einmal, mit Karl darüber zu reden, der von ihren Brüdern der schweigsamste war. »Meinen alle Menschen dasselbe, wenn sie von einer ›roten Farbe‹ sprechen, oder ist es so, daß jeder Mensch ein anderes Rot sieht und daß trotzdem alle dasselbe Wort für verschiedene Farben benutzen. Glaubst du, es könnte so sein?«

Aber Karl verstand sie nicht. Es gelang ihr nie, es so zu sagen, daß es verständlich wurde.

Im zweiten Winter begann der Metzger sie zu schlagen. Das kam nicht überraschend. Er hatte sie schon lange »Miststück« genannt, ohne weiteres, in der dritten Person, und behandelte sie wie ein Dienstmädchen, überschüttete sie mit wilden Flüchen, wenn die Kartoffeln angebrannt waren. Rote Flecken erschienen über den hellblonden Augenbrauen, wenn er wütend war.

Das Fleischliche war vorbei. (Die »fleischliche« Begierde verband sie immer mit dem Fleisch im Metzgerladen, all das stand in einem blutigen, ekelhaften Zusammenhang.) Er versuchte nicht mehr, mit dem großen, rötlichen Glied in ihren abwesenden Körper einzudringen, mit diesem Glied, das aussah wie ein blinder Kopf mit einem Mund (doch es war ein senkrechter Mund und kein waagerechter, wie alle anderen Münder in der hungrigen Natur). Sie sollte Schmerzen anderer Art kennenlernen.

Sie entdeckte, daß Tritte gegen das Schienbein schmerzhafter sind als Ohrfeigen, daß es hinterher noch viel länger weh tut. Sie entdeckte, daß eine Wunde an der Stirn das Blut in die Augen laufen läßt, wo es brennt. Sie lernte, daß es nicht so leicht ist wie man glaubt, sich loszuwinden, wenn jemand einen mit einem harten und festen Griff am Handgelenk gepackt hat.

Sie lernte, still zu sein, auf die Vorzeichen eines möglicherweise bevorstehenden Unwetters zu achten, es rechtzeitig kommen zu sehen und sich mit ihrem schwarzen Kopftuch auf die verschneite Landstraße hinauszubegeben, auf eine einsame Wanderung, die lang werden konnte, weil man nie genau wußte, wann es allenfalls möglich war, wieder nach Hause zurückzukehren.

Der Wind polierte den verharschten Schnee, weiße Wirbel zogen vor ihren Füßen vorbei, und in diesen Wirbeln war sie nicht minder anwesend als in ihrem mageren, verfrorenen Körper.

Es war ja doch nicht der ihre, genausowenig wie die Welt, in die sie eingetaucht worden war, die ihre war.

Ihre Geschwister kamen nie zu Besuch. Sie versteckte sich vor den Menschen, ließ sich immer seltener bei Tageslicht draußen blicken, hatte das Gefühl, man zeige im Ort mit dem Finger auf sie.

Im zweiten Winter war sie sehr still. Sie wollte mit den Schatten verschmelzen, sich unsichtbar machen. Es war aufreibend, sich in Zimmern zu bewegen, in denen es passieren konnte, daß jemand plötzlich an die Tür klopfte, hereinkam und ihren Kopf auf dem schmalen Hals herumschleuderte, daß er gegen den Türpfosten krachte.

Im Februar dieses Jahres erhängte sich der Metzger an einem seiner eigenen Fleischerhaken. Es war mitten im ersten großen Schneesturm dieses Monats, und es dauerte lange, bis der Ortspolizist und der Bezirksarzt eintrafen.

Sie rief sie selbst mit dem neu installierten Kurbeltelefon des Ladens an und berichtete mit klarer, mädchenhafter, ein wenig flötender Stimme, was geschehen war.

In Erwartung des Arztes schnitt sie ihn mit einem der langen, dünn geschliffenen Fleischermesser ab und saß mit dem schweren Körper in ihrem Schoß da. Er machte ihr keine angst mehr: er war eine schwere Puppe, sehr bleich, mit hellblonden Augenbrauen. Daß eine ausgestopfte Puppe so entsetzlich schwer sein konnte, daß überhaupt eine solch ungeheuere Schwere in einem Menschen sein konnte, war ihr unbegreiflich. Es berührte sie kaum. Es war nicht ihr Leben, in dem das passierte.

Ihre Schwester, die jetzt eine Anstellung als Herrschaftsköchin auf einem Gut in der Gegend von Strömsholm hatte, nahm sie zu sich.

Sie gehörte der Pfingstbewegung an. Des Lammes teures Blut, das Zungenreden, die Stoßgebete und die Offenbarung des Johannes, wo ein Siegel nach dem anderen über einer Welt gebrochen wird, in der sich Katastrophen zusammenbrauen wie Gewitter über den Seen der Kindheit.

Die Schwester war gelassen und zuversichtlich, sie ruhte in sich selbst. Andächtig spielte sie geistliche Lieder für Männerquartette auf dem alten Grammophon in der Kammer. Zu gegebener Zeit hängte sie das Porträt von Lewi Pethrus, dem Oberhirten der schwedischen Pfingstbewegung, an die Wand.

Für Fredrika war es nicht ganz so einfach. Dieses Lamm wollte etwas von ihr, es stellte Forderungen an sie, denen sie nicht gewachsen war.

Auch hier stand sie abseits. Sie spürte, daß alles, was die sanften jungen Pastoren mit ihren glattgekämmten Haaren, ihren milden Stimmen und blauen, gläubigen Augen verkündeten, nur für die anderen da war, wieder nur für die anderen.

Sie sprachen mit großer Leidenschaft von der Begierde des Fleisches, von den Mächten der Finsternis, sie sprachen von Sünden, als gäbe es deren viele. Und das war ihr im Grunde unbegreiflich, da sie so genau sah, daß es nur eine einzige Sünde gab, und die war nicht wiedergutzumachen.

Die Schöpfung war böse. Und seltsam genug waren die anderen außerstande, das zu erkennen.

Böse Hautflügler legten ihre Eier in die gelähmten Larven anderer Insekten, die sich bei lebendigem Leib von innen auffressen ließen. Krebszellen, die sich mit langen, schmalen, haarfeinen Fingern in das gesunde Gewebe vortasteten. Rehe, die im verharschten Schnee von den Hunden zu Tode gehetzt wurden.

Jahrzehnte verstrichen, ohne daß der Gefangene etwas von sich hören ließ. Er zeigte sich nicht. Dennoch wußte sie, daß er da war, daß er all ihre Bewegungen und Gedanken kannte.

Was sie verband, war ein Nein.

Er zeigte sich wieder bei einer nächtlichen Pfingstversammlung am gleichen Abend, an dem die Deutschen Norwegen erobert hatten, dem 9. April 1940. Die Versammlung war sehr aufgewühlt, mit viel Zungenreden und Gestammel vom Jüngsten Tag und vom Siegel, das gebrochen werden würde, von Armageddon, das nahe bevorstehe, Stoßgebeten und Rufen. Es war in der neugebauten Elimkirche am Köpingsvägen in Västerås, und vor den Fenstern fiel ein leichter Aprilregen auf die noch kahlen Bäume.

Es war auch viel von den Mächten der Finsternis die Rede, und das verwirrte und beunruhigte sie; ihr hatte die Dunkelheit stets etwas Gutes bedeutet.

Plötzlich war der Gefangene da. Er hatte den Kopf eines Auerochsen, oder vielleicht war es auch der Kopf eines Insekts, mit den gelben Augen eines Auerochsen, und in den schmalen Schlitzen eine Dunkelheit, dieselbe kalte, ruhige Dunkelheit, wie sie zwischen den Sternen herrscht. Er sprach nicht, er war nur da, sichtbar vor ihr, unerbittlich und mit der gleichen Deutlichkeit wie ein Sternbild am Himmel steht.

Aber später, nach einer Zeit in einer Nervenklinik, wo sie eingeliefert wurde, weil sie ungereimtes Zeug redete und offenbar unter Wahnvorstellungen litt, und wo man sie mit Diätkost und langen Spaziergängen behandelte, soll sie ihrer Schwester anvertraut haben, daß er auch gesagt habe: »Fredrika, deine Zeit wird kommen. Deine Zeit wird kommen. Die Zeit wird kommen, da ich in meiner ganzen Macht erscheine.«

Im Lauf der Jahre wurde sie immer wirrer. Es war schwer

zu verstehen, wovon sie redete. Die Schwester schickte sie einmal in den Keller, um ein Glas Marmelade zu holen, da sie selber so schwache Knie hatte.

Als sie nach einer Stunde noch nicht wieder heraufgekommen war, zwang sich die Schwester auf schmerzenden und widerstrebenden Knien hinunter und fand sie dort, auf der Kartoffelkiste sitzend, unablässig und eindringlich in eine der dunklen Ecken hineinsprechend.

Sie war ein Kreuz. Sie war zu gar nichts nütze.

Die ersten Tage und Nächte im Heim für Pflegefälle waren heiß und stickig. Die andere Frau schien ständig zu schlafen: sie ließ sich nur widerwillig mehrmals am Tag füttern. Das war alles.

Vor dem Haupteingang bremste ein Auto, man hörte das Klappern von Kannen und Flaschen, und der Fahrer sprach mit seinem Gehilfen über etwas, das verschwunden war. Das war alles.

Nach vier Tagen braute sich ein Gewitter zusammen.

Das Barometer fiel, und sie wußte es, ohne ein Barometer zu haben, die Anzeichen waren ihr von Kindheit an vertraut. Sie lag so, daß sie von einer Ecke des Kissens aus die Gewitterwolken sah. Es waren die gleichen schweren, dunkel heranrollenden Wolken wie in ihrer Kindheit, Gewitterwolken, strotzend vor Regen, vor Kraft, über der västmanländischen Ebene.

Und immer stärker schwoll die unerhörte Stimme an, die seit Tagen und Nächten zu ihr sprach.

Das einzige, woran man dieses Sprechen von außen hätte erkennen können, waren die Tröpfchen von klarem, dünnem Schweiß, der ihre weißen Haarsträhnen an ihrer ebenso weißen Stirn festklebte, und die Lippen, die sich unaufhörlich bewegten.

Die Worte des Gefangenen waren sehr groß, sehr seltsam und beängstigend und ganz unbegreiflich. Sie bewahrte sie alle in ihrem Herzen.

Zuweilen handelten sie von einer Zeit, die älter war als die Schöpfung, älter als die Milchstraße und die rotierenden Galaxien. Sie handelten von der gefangenen und verratenen Schöpfung, die hinter den furchtbaren Mauern der Materie eingesperrt war. Sie handelten von der Begierde des Fleisches, vom dunklen Sog der Leidenschaften, der verhindert, daß der Mensch zur glitzernden Wasseroberfläche emportaucht, zur Erkenntnis einer Freiheit, die es einmal gab.

Sie wollte seinen Namen wissen, doch sie erfuhr ihn nicht.

Die Stimme sprach von den letzten Dingen, von einer anderen Zeit, in der die unsichtbare Welt die sichtbare Welt überschwemmen würde, in der die Fesseln gesprengt werden würden, die alles unter dem Mond gefangenhalten.

Vieles lehrte er sie.

Er lehrte sie, daß der Mensch kein Körper ist, daß auch die Tiere keine Körper sind, daß sie etwas anderes sind, etwas ganz anderes, das in einer körperlichen Gestalt gefangen ist.

Die Zeit neigte sich ihrem Ende zu: die Geschichte hatte ihre Aufgabe erfüllt. Der Mensch drang mit kunstvollen Instrumenten ins Zentrum vor, er war unterwegs zu den rätselhaften Herzen der Elementarpartikel, und dort angekommen, im eigentlichen Zentrum, würde er etwas Ungeheuerliches entdecken, was jegliche Geschichte unmöglich machte.

Er würde erkennen, daß er vom Anbeginn der Zeiten betrogen worden war.

Diese mächtige, feste Welt war ein Schein, ein böser Traum, nichts weiter.

Seit dem Gewitter setzte ihr die Krankenschwester ständig zu, offenbar ging es um eine Spritze. Sie schlug sie jedesmal mit ihrer schmalen, bläulichweißen Hand weg, so energisch, daß sie Gefahr lief, sich an der spitzen Nadel zu stechen. Sie wollte zurück in die Dunkelheit, in der die Stimme war.

Die Krankenschwester gab auf.

Es war schon immer ihre Kunst gewesen, nein zu sagen.

Am letzten der sieben Tage nach dem Gewitter sagte der Gefangene seinen Namen, und die ganze Natur um sie her verstummte.

Danach sprach er nicht mehr. Und dieses Schweigen war zuerst überwältigend. Sie verstand, daß es das gleiche Schweigen war, das einst in ihrer Kindheit geherrscht hatte, das Schweigen jenseits der Worte, das Geheimnis, das die anderen nicht preisgeben wollen, die Verschwörung, die sie nicht verraten wollen.

Jetzt verstand sie alles. Und sie wurde ganz ruhig.

Einige Tage später, oder waren es Wochen, oder vielleicht auch Monate, hörte sie zum ersten Mal den Vogel in der Brust.

Zuerst ganz leise, wie eine Flötenmelodie aus weiter Ferne an einem Sommerabend, wenn jedes Geräusch in der ganzen Landschaft widerhallt. Noch nie hatte sie eine so wunderbare Melodie gehört. Drei Tage lang kam sie immer näher, schwoll an, bis sie die ganze Welt zu erfüllen schien, wie der Gesang der Vögel im Juni.

Und da erkannte sie sogleich, daß sie selbst diese Melodie spielte, daß sie und der Vogel eins waren.

Es war, wie wenn ein sehr langes kompliziertes Spiel beendet worden ist und man gewissermaßen wieder am Anfang steht.

Sie spürte in sich den lustigen Wunsch, einfach aufzustehen und zu gehen, ein kleines Mädchen zu werden, das auf der Veranda sitzt und liest und nicht mit den Geschwistern in den Wald gehen will.

Nun war alles vorbei, und sie konnte noch einmal ganz von vorn anfangen, meinte sie.

Diesmal kam die Krankenschwester nicht mehr allein, sie hatte jeden Nachmittag zwei Männer in weißen Kitteln dabei, und es gab nicht mehr die geringste Möglichkeit, sich gegen die Spritze zu wehren, die Spritze mit der langen, spitzen Nadel.

Sie kämpfte wild, nicht um ihren Körper, sondern um den Vogel, den wunderbaren Vogel in der Brust. Sie drückten sie mit sanfter, unerbittlicher Gewalt aufs Bett, setzten sich fast auf sie.

So stark war dieser Vogel, daß sie ihn nicht eher als nach zehn Tagen zum Verstummen bringen konnten.

Aus dem Schmerz heraus

Der Schmerz, eben noch Alleinherrscher und ein Universum für sich, das langsam um die eigene, rätselhafte Achse rotierte, änderte schließlich seine Farbe von Weißgrün zu Rot.

In sein Bewußtsein drang eine hartnäckige Stimme, die in ihm buchstabierte und buchstabierte, eine Stimme, die stur griechische Verbformen herunterleierte, ein Lehrer von der alten Internatsschule mit ihren dunklen Gewölben. Dieser Lehrer mußte schon längst tot sein. Und jetzt leierte er die Aoristformen eines griechischen Verbs nach dem anderen herunter, unermüdlich, und das war schrecklich, weil es völlig unnötig war.

Er konnte doch schon alle griechischen Verben, sowohl im Imperfekt als auch im Aorist.

In der Welt, in der er sich befand, dieser graugrünen Welt, dürfte es keine griechischen Verben geben, und langsam wurde er daran erinnert, daß da einmal eine andere Welt gewesen sein mußte, in der es so etwas gab.

Die Welt des Schmerzes war voll, komplett, ein Universum, von dem man nichts abziehen und dem man nichts hinzufügen konnte. Sie war die vollkommenste aller Welten, denn sie besaß eine einzige Eigenschaft, und diese Eigenschaft breitete sich gleichmäßig im Raum aus.

In jener anderen Welt, die es einmal gegeben haben mußte, als eintöniges Leiern eines alten Lehrers, als leichtes Wogen des Efeus vor dem Fenster kurz vor einem Nachmittagsregen, als Geruch nach Kreide und Tinte, als Spuren von Federmessern ganzer Generationen auf den Pultdeckeln aus solidem Eschenholz, als Gestank von Erbrochenem auf seinem eigenen Kopfkissen (diesmal hatte es also nichts genützt, eine Schüssel neben das Sofa zu stellen, als der Migräneanfall anfing), der ihn unsagbar ekelte und ihn zugleich daran erinnerte, daß so etwas wie er selbst in der anderen Welt existieren mußte – in jener anderen Welt gab es Sehnsucht. Sie war weniger vollkommen.

Der vierte Tag seines Migräneanfalls ging zu Ende, einer seiner wirklich großen Anfälle, die über allen Verstand gingen, und während der Nachmittag draußen vor den zugezogenen Gardinen langsam in den Abend überging, wurde ihm allmählich bewußt, daß er sich in einem Pensionszimmer am Ufer des Lago Maggiore befinden mußte, östlich von Lugano, wo die billigen Pensionen lagen, und daß die nachgedunkelten Tapeten mit Rhomben gemustert waren.

Die Rhomben waren mit Linien nachgezogen, die sicher ursprünglich golden gewesen waren, jetzt aber eine grüne Farbe angenommen hatten.

Zwischen ihm und dem Schreibtisch mit dem Wachstuch, der Petroleumlampe, dem Reisetintenfaß mit Sicherheitskorken, den grünen Heften, an denen er noch in der letzten Woche gearbeitet hatte, lag jetzt ein Meer. Portugal oder die zykladischen Inseln hätten nicht unerreichbarer sein können als sein Schreibtisch.

Viel mehr war nicht da. Das Bett, in dem er lag, und das sich tagsüber in ein Sofa verwandeln ließ, mit einem Kissen, das jetzt klebrig war von seinem eigenen grünlichen Erbrochenen.

Die Kommode mit der von ihm selbst vorläufig ans Bett gestellten Waschschüssel, zwei bauchige, abgewetzte, einst vielleicht elegante Lederkoffer mit den Spuren der schlechten Behandlung von zahllosen Kutschern und Trägern, und am Haken an der Tür der stets sorgfältig gebürstete, jedoch immer zerfranstere Überzieher.

Der See hatte keinen seiner großen Sonnenuntergänge. Bei Einbruch der Dämmerung eilten rasche Windböen – von der Art, die den See für Segler so gefährlich machen – über seinen nördlichen Teil, aus der Gegend von Brissago war Donnergrollen zu hören.

Die Regentropfen trommelten wie Kinderhände gegen das Fenster.

Jedesmal, wenn er wieder die Augen zu öffnen versuchte, sah er ein wenig klarer. Und – was ein noch besseres Zeichen war – die Doppelsichtigkeit hatte fast ganz nachgelassen. Allem Anschein nach war dies das Ende eines seiner wirklich großen, verheerenden Migräneanfälle. Trotzdem war es nicht ganz ausgeschlossen, daß dies nur eine Pause war, eine Unterbrechung mitten im Unwetter, ein trügerisch stilles Wasser im Auge des tropischen Sturms, wo er sich im Prinzip vierundzwanzig Stunden würde aufhalten können, länger nicht.

Das war ihm schon öfter passiert: er hatte zu früh angefangen zu hoffen.

Mitten in diesen Augen des Sturms, in diesen Ruhepausen zwischen dem Schmerz, der den Kopf weißglühend machte, und dem entsetzlichen Brechreiz, der Tag für Tag anhielt, nachdem der Magen längst seinen dünnen Inhalt von sich gegeben hatte, mitten in dieser Ruhe waren Erkenntnisse zu holen, seltsame, irgendwie *gelbliche* Erkenntnisse (in diesem Zustand hatten alle Phänomene Farben, selbst die abstraktesten).

Dabei konnte es um Wörter gehen und darum, wie *die Wörter* zu dünnen Ringen wurden, in allen Regenbogenfarben wie Newtonsche Ringe, die rasch über die nicht ganz saubere Oberfläche eines sehr tiefen und dunklen Wassers glitten. Wenn die Wörter zusammentrafen, konnten sie sich entweder abstoßen oder sich gegenseitig anziehen und lange, gleichsam molekulare Ketten bilden.

Bis die Kette zu schwer oder zu anspruchsvoll wurde und wieder zerbrach.

Es konnte um *die Geschichte* gehen, um die Ereignisse, um

Fürsten, Kriege, Menschenscharen, die unruhig durch die engen Treppengassen orientalischer Städte strömten, um Redner auf Märkten, wo ein greller Sonnenschein die Schatten scharf und erbarmungslos umriß.

Und dies alles, das Gemurmel auf den Märkten, die Menschenmassen, das erbarmungslose Licht auf gebeugten Rükken, all das nahm dann die Form eines an- und abschwellenden Rauschens an, des Rauschens in einer großen Muschel.

Oder es wurde zum Geräusch der Wasseroberfläche, wenn man tief unten im strömenden Wasser noch die Bewegungen an der Oberfläche wahrnimmt, ihr klingendes, an- und abschwellendes Geräusch wie die Fetzen einer fernen Musik.

Und diese Geschichte gab es. Oder es gab sie nicht. Ganz wie man wollte.

Er wußte nicht mehr, wie viele Wochen schon vergangen waren, seit er zuletzt einen blauen Himmel gesehen hatte.

Um klar zu denken, brauchte er einen klaren Himmel, einen großen, ganz fleckenlosen – nein, er meinte wolkenlosen – Himmel.

Unter grauen Himmeln bedrohten ihn die Schatten.

Ach, wäre er doch nur in Sils, wäre es doch nur der laue Spätsommer im Oberen Engadin statt des drückenden Novembers im Flachland!

Doch in Sils lag schon längst tiefer Schnee; alle Pässe waren geschlossen, alle Pensionen verrammelt. Über den grünen Wiesen oben bei Ley, über den Wanderwegen nach Valle Fex, hing jetzt nur der schwere Wirbel von Dunkelheit und Schneestürmen.

Und beständig trommelten die Kinderhände des Regens gegen die Fensterscheibe, unruhig klopfend, als wollten sie wirklich hereinkommen.

Wäre doch nur ein Mensch da!

Aber das einzige Wesen, bei dem er auch nur annähernd mit so etwas wie menschlichem Interesse rechnen konnte, war die blonde, schon ältliche Pensionswirtin, die spätnachts wie ein ruheloser Geist durch die Korridore tappte, treppauf und treppab, und die immerhin einmal bei ihm hereingeschaut hatte, »um sich zu erkundigen, ob er krank sei«.

O Gott, wie er sie verabscheute!

Ihr hexenhaft vorgebeugter Gang, ihre schlampigen, verwurstelten Strümpfe, ihre scharfe, entschlossene Nase, ihre schrille Stimme – all das hatte etwas, das ihn auf widerwärtige Art an seine Schwester erinnerte.

Eine von diesen Feinschmeckerinnen, die Appetit auf Seelen haben, eine von denen, die in der Dämmerung auf Jagd gehen. Genug für den Weisen!

In diesem Augenblick merkte er, daß er wieder auf dem Weg in die normale Welt war; er konnte wieder hassen, und das genügte, um ihn wissen zu lassen, daß er noch einmal überlebt hatte, daß er wieder stärker gewesen war.

Diese Augenblicke der Rückkehr wollte er sich gern als Heimkehr eines Jägers von einer langen Jagd aus einem tiefen, unwegsamen Wald vorstellen. Er allein wußte, was für Beutestücke er von dort mitbrachte.

Fast sein ganzes Leben lang war es schon so gewesen. Es stimmte nicht, daß es in Basel angefangen hatte – in Basel hatte nur der Schmerz angefangen. Schon viel früher, schon in Pforta hatte er es gespürt – als einen eigentümlichen Zustand zwischen Traum und Wachen, der ihn mitten in einer Schulstunde beschleichen konnte, ein Summen in den tiefsten Schichten des Bewußtseins, als sei dort eine Wespe eingesperrt.

Vielleicht hatte es in jenem Winter angefangen, als eine seiner hartnäckigen Erkältungen der Knabenjahre in eine Ohrenentzündung übergegangen und ganz deutlich in die feinen Häute des Gehirns eingedrungen war. Niemand hatte es richtig ernst genommen.

Oder hatte es ihn vielleicht von Geburt an begleitet: auch seine Mutter hatte eine zarte, eine abenteuerliche Konstitution.

Wie auch immer: in Basel war es zum Ausbruch gekommen. Es war sein Schicksal, seine Bestimmung geworden. Vielleicht hatte er sich in Basel dafür entschieden – oder es sich für ihn.

Die Dämmerung dort draußen, die nie ein richtiger Tag gewesen war, ging langsam in die Nacht über. Zum ersten Mal seit langem spürte er so etwas wie eine ganz gewöhnliche, normale Schläfrigkeit. Das war immer ein gutes Zeichen.

Er begann darüber nachzudenken, wie viele Jahre wohl schon vergangen waren, seit er die Professur in Basel aufgegeben hatte, die gesegnete Professur mit den Studenten, Freunden, Kollegen, die freundliche, altertümliche Stadt mit ihren grünlichen Hausdächern, ihren gemütlichen kleinen Wirtsstuben mit Butzenscheiben und schweren Eichentischen, Basel mit seinem freundlichen Duft nach Bier, Würstchen und Eschenholzfeuern, Basel, wo so viel Wasser unter den Brükken fließt.

Ein Paradies, und zugleich eine Hölle. Natürlich war es der Schmerz, der ihn von dort vertrieb, aber ebensosehr das Wissen, daß dies nicht sein Leben war. Er kam zu dem Ergebnis, daß es schon zwölf Jahre her sein mußte – zwölf Jahre der Einsamkeit, der Krankheit, Tage und Nächte, die so beschaffen waren, daß nur der Mutigste sich eine Wiederholung vorstellen konnte.

Stunden und abermals Stunden des pausenlosen, kurzsichtigen Schreibens, den Kopf über den Tisch gebeugt, die dikken Brillengläser nur einen Zoll über dem Papier, ekstatisches Schreiben, das Stunde um Stunde anhalten konnte, während das Ticken der Uhren sich verlor und unwichtig wurde, während die Essenszeiten vorübergingen und vergessen wurden, das Schreiben als ein stilles, ununterbrochenes Fest, bei dem die Musik, die im Herzen der Dinge schlummerte, deutlich vernehmbar wurde und transformiert in einen für menschliche Sinne erträglichen Ton.

Viel mußte man für diese geheimnisvolle Musik zu opfern bereit sein.

Und dann: Ariadne, gesichtslos, oder in der Erinnerung gesichtslos, tief drinnen im Labyrinth, in der Erinnerung umgeben von einer Musik, die in der gewöhnlichen Welt nicht vernehmbar ist. Ariadne, umgeben von nichts anderem als ihrer Musik, Ariadne, die zugleich sein Schlüssel und seine Gefangenenwärterin war.

So weit zurück diese geheimnisvollen Tage in Tribschen, diese kurzen Reisen über den großen See, so zerbrechlich diese Erinnerungen! Gleichwohl hielten sie ihn gefangen.

Wie Spiegelbilder vervielfältigte sich diese Welt unaufhörlich.

Und trotzdem konnte er niemals sicher sein, ob diese Welt der Wiederholungen die wirkliche Welt war, oder ob er sich zwischen den Spiegeln bewegte, die ein Hexenmeister in seinem Gefängnis aufgestellt hatte, um sich seiner Friedlichkeit oder Fügsamkeit zu versichern.

Um ihn herum, vor den Fenstern, verdunkelte sich die Welt, die Sturmböen über dem See gewannen neue Stärke. Um ihn herum wuchs der Industrialismus in einem Europa, das sich selbst mit jedem Jahr fremder wurde, immer mehr zu einer Parodie, einer bösartigen Wiederholung, von niederen Göttern geschaffen. Dem öden, herbstlichen Ackerland Pommerns und Mecklenburgs entströmten die Armen der Erde, die ehemaligen Leibeigenen, um die Fabriken zu füllen. Und die englischen Städte wuchsen wie giftige Pilze unter ihren Wolken aus Rauch.

Alte Bindungen und alte Flüche wurden durch neue ersetzt, die schwerer waren, fremder.

Bald würde der Rauch der Lokomotiven zu den Decken der gußeisernen Bahnhofskathedralen emporsteigen: oh, er kannte sie, wie oft hatte er sie schon gesehen, nachts, durch ein schmutziges, beschlagenes Fenster, in die Reisedecke gehüllt, fröstelnd wie üblich, in eine Ecke des Coupés gekauert, zum Schutz gegen die Nacht und die Einsamkeit.

Ja, wahrhaftig, war er nicht ein Minotaurus, allein mit der

Nacht und allein mit seiner eigenen Geburt und für immer eingesperrt in das Labyrinth dieses Jahrhunderts.

Von diesen Gedanken war es nur ein kleiner Schritt zum Abschied von den Freunden, von den mißachteten, mißverstandenen Freunden Paul Rée und Lou.

Er wollte, und wollte nicht, den Abschied ein letztes Mal an sich vorbeiziehen lassen. Allzuoft hatte er daran gedacht, und immer mit demselben, widerwärtigen Gefühl, *sich kleiner gemacht zu haben als er war.*

Ach, er erinnerte sich an alles, als hätte es vor wenigen Minuten stattgefunden: den Abschied, die Gespräche, das entsetzliche Eingreifen der Schwester, sein eigenes kindliches Staunen darüber, *daß jemand imstande war, ihn zu verlassen.*

Und obwohl er diese Gedanken so viele Male gedacht hatte, erkannte er erst in diesem Augenblick, *daß alles ohne ihn perfekt gewesen wäre.*

Das Leben der Freunde, das Leben seiner Eltern, diese neue Welt mit ihren entwurzelten Proletariermassen auf dem Weg von einer Sklaverei in die andere, von der verregneten Erde zu den düsteren Fabriken, diesen neuen Schmieden, in denen die Kettenglieder der Zukunft geschmiedet werden sollten. Und all das unter dem hoffnungsvollen Singen von Sankeys Liedern in neuen Bethäusern mit anderen Rhythmen als den pietistischen seiner Kindheit, der Gekreuzigte, auf dem Weg, Indien mit Baumwollstoffen zu erobern und Asien zugunsten eines christlichen Weltmarktes seiner aufblühenden Industrien zu berauben, alles, alles, von Anfang bis Ende, seit der ersten Lektion in Formenlehre in Pfortas dunklen Sälen, *alles wäre ohne ihn perfekt gewesen.*

Und – wie er plötzlich erkannte – genau das war seine Aufgabe. *Er war eine Wahrheit.* Er war die Pointe eines zufälligen, aber sehr geistreichen Witzes.

Der Abschied – so fern schon –, dessen Hände noch immer ans Fenster klopften, von Rée, von Lou, war trotz des Wundfiebers das Schönste, was er je erlebt hatte. So leicht und fröhlich, so ernst und tief zugleich, daß er noch immer seinen

Atem spüren konnte, dieser Abschied erinnerte ihn heftig daran, daß das Leben leicht ist, daß es aus reinster Lust besteht, und daß es nur für jene da ist, die fähig sind zu tanzen und zu lachen.

Editorische Notiz

Die Erzählungen dieses Bandes wurden von Verena Reichel in Absprache mit dem Autor zusammengestellt, die Auswahl folgt zum größten Teil den schwedischen »Gesammelten Erzählungen« *Samlade berättelser* (Stockholm 1987, Norstedts Förlag). *Thorn* und *Bakunins Reise* erschienen unter diesen Titeln in deutscher Übersetzung zuerst in der Edition Literarisches Colloquium (Berlin 1968), *Eine Insel in der Gegend von Magora* in: Süddeutsche Zeitung vom 18.1.1969, *Flugvorbereitungen* in: Neue Deutsche Hefte Nr. 127, Heft 3/1970; *Der Besucher* (1967): Erstveröffentlichung; *Die Geschichte von Onkel Knutte* aus: »Wollsachen« (Hanser, München 1974), *Die Geschichte von Onkel Stig* und *Die Geschichte von Tante Clara* aus: »Sigismund« (Hanser, München 1977), *Als Gott erwachte* aus: »Der Tod eines Bienenzüchters« (Hanser, München 1978) und *Die Kunst, den November zu überstehen, Das Mädchen mit der blauen Mütze, Das Große läßt sich nieder, wo es will, Eine Wasser-Erzählung, Der Vogel in der Brust* und *Aus dem Schmerz heraus* aus: »Erzählungen von glücklichen Menschen« (Hanser, München 1981).

Inhalt

Sigle der Übersetzer aus dem Schwedischen: HME – Hans Magnus Enzensberger; HG – Hanns Grössel; JM – Jürg Mahner; VR – Verena Reichel.

Lars Gustafsson
im Carl Hanser Verlag

Die Maschinen
Gedichte.
Aus dem Schwedischen von Hans Magnus Enzensberger.
1967. 79 Seiten.

Der eigentliche Bericht über Herrn Arenander
Notizen. Aus dem Schwedischen von Gustav Adolf Modersohn.
1969. 117 Seiten.

Utopien
Essays. Aus dem Schwedischen von Hanns Grössel und anderen.
1970. 128 Seiten.

Herr Gustafsson persönlich
Aus dem Schwedischen von Verena Reichel.
1972. 194 Seiten.

Wollsachen
Roman. Aus dem Schwedischen von Verena Reichel.
1974. 226 Seiten.

Die unnötige Gegenwart
Lars Gustafsson und Jan Myrdal
Acht Unterhaltungen über die Zukunft der Geschichte.
Aus dem Schwedischen von Verena Reichel.
1975. 206 Seiten.

Das Familientreffen
Roman. Aus dem Schwedischen von Verena Reichel.
1976. 294 Seiten.

Sigismund. Aus den Erinnerungen eines polnischen Barockfürsten
Roman. Aus dem Schwedischen von Verena Reichel.
1977. 251 Seiten.

Der Tod eines Bienenzüchters
Roman. Aus dem Schwedischen von Verena Reichel.
1978. 180 Seiten.

Die Tennisspieler
Erzählung. Aus dem Schwedischen von Verena Reichel.
1979. 104 Seiten.

Sprache und Lüge. Drei sprachphilosophische Extremisten: Friedrich Nietzsche, Alexander Bryan Johnson, Fritz Mauthner
Aus dem Schwedischen von Susanne Seul.
1980. 260 Seiten.

Erzählungen von glücklichen Menschen
Aus dem Schwedischen von Verena Reichel.
1981. 180 Seiten.

Die Stille der Welt vor Bach
Gedichte. Hrsg. von Verena Reichel. Aus dem Schwedischen von Hans Magnus Enzensberger, Hanns Grössel, Anna-Liese Kornitzky, Verena Reichel.
1982. 98 Seiten.

Eine Liebe zur Sache
Prosastücke. Edition Akzente.
Aus dem Schwedischen von Ruprecht Volz.
1983. 96 Seiten.

Trauermusik
Roman. Aus dem Schwedischen von Verena Reichel.
1984. 220 Seiten.

Die dritte Rochade des Bernard Foy
Roman. Aus dem Schwedischen von Verena Reichel.
1986. 416 Seiten.

Die Bilder an der Mauer der Sonnenstadt
Essays. Edition Akzente.
Aus dem Schwedischen von Ruprecht Volz.
1987. 176 Seiten.

Über Lars Gustafsson:
Gustafsson lesen
Hrsg. von Ruprecht Volz.
1986. 256 Seiten.